ちょっと今から仕事やめてくる

北川恵海

目次

ちょっと今から仕事やめてくる

北川恵海

九月二十六日（月）

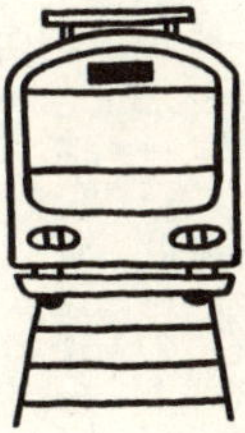

六時に起床。同、四十六分発の電車に乗る。八時三十五分、会社に到着。席に座ると同時にパソコンの電源を入れる。

十二時から一時間の昼休憩。席を立ち上がったところで上司に声をかけられ、解放されたのは十二時十五分。歩いて三分の安いラーメン屋には長蛇の列。並ぶこと十五分。ようやく飯にありつける。注文が来るまで三分。湯気の立ち上るラーメンを胃袋に吸い込むこと五分。すぐに席を立ち、会社の玄関横にある小さな喫煙スペースで、缶コーヒーを片手に立ったままタバコを吹かす。この半年でタバコの量は二倍に増えた。ここでやっと、ホッと一息をつく。時刻はすでに十二時四十五分を経過している。十二時五十八分、自分の席に戻る。十三時二十七分、本日三度目の上司の怒鳴り声。十九時三十五分、やっと、上司が退勤。頼むからもっと早く帰ってくれ。二十一時十五分、ようやく退勤。この時間になると、電車の本数が少ない。二十二時五十三分、帰宅。二十五時零分、就寝。以下、繰り返し×六日間。


サラリーマンに憧れなどなかった。だが、熱を上げるようなやりたいこともなく、いつの間にか周りと同じように、就職活動に勤しんでいた。

自慢じゃないが、そこそこ名の通る大学をストレートで卒業した。それでも簡単に内定のもらえないこのご時世。とにかく手当たり次第に面接を受けまくった。周りの奴らになんて負けたくない。確固たる自信など何ひとつないくせに、プライドだけは山よりも高い。自分よりレベルが低いと思っていた奴らが一流と呼ばれる企業の内定をもらった時は、酷く嫉妬した。

ひとつでも多く、少しでも有望な企業から内定をもらうことが、俺たちにとって最大のステータスだった。

今、俺が勤める会社は名高い一流企業ではない。中堅の印刷関係の企業だ。しかし、ことごとく希望の企業の面接に落ちまくった俺にとって、この会社からの内定をもらえた時は、正直かなり嬉しかった。この会社の役に立ってやろう、利益を上げて、俺を落とした企業を見返してやろう。意気込んで入社し、がむしゃらに努力した。

あの頃はまだ、少しの夢と、希望と、やる気があった。

鼻先をかすめるように、特急電車がスピードを緩めず走り過ぎる。数日前まで蒸し暑かったはずの風は、いつのまにか少し冷気を含んでいた。

人波に溢れたプラットホームの先頭で、俺は自宅へと向かう快速電車を待っていた。

突風に煽られた前髪が、非常にうっとうしい。そろそろ切らないといけないが、美容院に行く時間がもったいない。

俺の後ろには、皆同じような暗い色のスーツに身を包んだ、サラリーマンの列。年齢はバラバラだが、皆一様に疲れた顔をしている。


俺はいつから笑わなくなったのだろう。ビデオを巻き戻したような、時間をひたすら消化していく毎日。

どんなに頑張っても給料は横這い。しかし、成績が上がらなければ当然、上司にどやされる。サービスという名の残業ばかりが増えていく。俺たちには少しのサービスもないくせに。

土曜出勤は当たり前。日曜に死んだように眠っていると、けたたましい携帯電話の音に叩き起こされる。電話口では部長が、取引先からのクレームだと、俺の担当だと気が狂ったように叫んでいる。

なんだよ、元は先輩の担当じゃねーかよ。ややこしい取引先だけ押しつけてくるんじゃねーよ。俺が入社する前の話されてもどうすりゃいいんだよ。そもそも先輩が辞めたのだって、お前のせいだろ。クソ上司。

俺だって辞めたいよ。こんな会社だと思わなかったよ。説明会ではいいことばっかり言いやがって。何が、頑張っただけ稼げるシステムだよ。何が、実力を正しく評価する環境だよ。今すぐ辞めてやりたいよ。

でも入社半年足らずで辞められるわけがないんだよ。そんな根性のない奴、次の企業が雇ってくれるわけないんだよ。

今月はもう、二週間ぶっ通しで働いている。こうなってくると眠いんだか、腹がへってるんだか、わかりゃしない。

この半年間、体調はずっと最悪だ。

くたくたになってようやく家に辿り着いても、数時間後にはまた、会社へと向かう電車に揺られている。

そんな現実に押し潰されそうになる。

自宅にいるときの体感時間は、ほんの一瞬。会社にいる時はあれほど長く感じるのに。相対性理論の本でも読んでみようかと思うけど、そんな時間を持てるはずもない。

そして、その心が解放される一瞬は、眠りについた瞬間に終わってしまう。

身体(からだ)は眠りたいはずなのに、脳みそが眠りを拒否しているような感覚に陥る。

人は何のために働くのか——

入社してから三か月ほどは、それればかり考えていた。

けれどもう、考える気すら起こらなくなった。

辞められないなら働くしかない。余計なことは考えない。

ただひたすらに、一週間が過ぎるのを待つだけ。

次の日曜にも予定はない。彼女なんてつくる暇もない。暇があったらつくれるのかって突っ込みは勘弁してほしい。今の俺には彼女どころか、友達すらいない。

中学校の頃、いわゆる青春時代を共に過ごしたよき友人とは、大学に入り新しい人間関係ができると共に、少しずつ連絡をとらなくなった。

そして、その大学時代にできた数多くいたはずの友人も、就活が佳境に入った辺りからあっけなく疎遠になってしまった。

社会人になってから数回飲みの誘いがあったが、今は他の奴と仕事の話をする気にはどうしてもなれなかった。もしそいつが俺よりいい給料をもらっていたら……考えただけで吐き気がする。こんな自分を情けないとは思うけど、そう思ったところでどうしようもない。

今はただ、来週の日曜はトラブルが起こらないでほしいと願うのみだ。

いくら予定がないとはいえ、一日くらい何も考えずにダラダラしていたいんだよ。

贅沢は言わない。ただそれだけだから、どうかそれくらいの願いは聞いてください。

頼むよ、神様。


昨日は休日出勤だけあって、午後六時には家に戻れた。コンビニで買った弁当を機械的に口に運び、見るでも見ないでもなく、テレビをつけていた。

すると、子供の頃から記憶に馴染（なじ）んだ、軽快な音楽が聞こえてきた。

俺はしばらく、子供の頃とは違った感情で〝その音楽〟を聞いていたが、いつのまにかリモコンの電源ボタンを押していた。

真っ暗になった画面には、まだアニメの中の幸せそうな家族が映っているような気がした。

子供の頃、それを楽しみに見ていた時の感情と、今の感情とのギャップに涙が出そうになった。

ふと、学生の頃に女友達の朱美（あけみ）から聞いた話を思いだした。

就活のために髪色を変えたばかりの朱美は、学食で俺の姿を見つけると、チャンスとばかりに走り寄ってきた。美しい栗色だったロングヘアは、不自然なほどの漆黒に染め上げられていた。

「ねえねえ、橘(たちばな)先輩って覚えてる？」

誰かに話したくてウズウズしていたのだろう。その表情は、少し興奮しているようにも見えた。

以前の髪色のほうがよかったなあ、などと考えていた俺の返事を待たず、朱美は話し始めた。

「橘先輩、入社してから三か月で『サザエさんシンドローム』になったらしいよ」

俺はその『サザエさんナントカ』が、何の意味であるのか知らなかった。

「なにそれ」

気のぬけた返事をした俺に、朱美は少しオーバーに驚いたような表情を見せながら言った。

「えー知らないの？　鬱みたいなもんだよ。サザエさんのエンディングを聞くとすごく憂鬱になって、死にたくなるんだって」

「なんでサザエさん？」

「日曜日の終わりだから。それが終わって、寝て起きたら月曜日になるからだよ」

いかにも深刻そうに話す朱美をよそに、俺は「へえー」と気のない返事を続けた。

「もう、ぜんっぜん興味ないじゃん」

「いや、そんなことはないけど……」

朱美の言う通り、あまり興味を持てる話題ではなさそうだと思った。

この時はまだ、社会のことを何も知らなかった。

自分のことを社交的だと思っていたし、社会に出てもなんとなく上手くやっていける自信があった。酒を酌み交わし、他愛もない話をするような友人なら数多くいたし、人間関係に深刻な不安を抱いたこともない。

鬱なんて、自分とは無縁の世界だと思っていた。

朱美は、興味を示さない俺に、一生懸命話し続けた。

「ちゃんと聞いてよ。あのアメフト部のエースの橘先輩がだよ？　ほら、大学最後の試合でもタッチダウン決めてさー。超カッコよかったよね」

まったく女って生き物は、どんな話題の最中にも必ず一度は話を脱線させる。

残念ながら、カッコいいアメフト部のエースの話題ほど、どうでもいいものはない。

俺は、面倒くさい方向に逸(そ)れていきそうな話の流れを修正した。

「で、その橘先輩が鬱なのが心配なの？　朱美、仲よかったっけ？」

「心配ってゆーか、ちょっと怖くない？」

眉間にしわを寄せた朱美の表情には、不安の色が窺(うかが)えた。

「怖い？」

「だって、アメフト部だよ？　うちの大学けっこう強いし、練習も厳しくて有名じゃん。そこでエース張ってた人が、たったの三か月で鬱なんてさ。社会で働くことがアメフト部の練習より厳しいなんて、そんなのどうしたらいいの？　私、考えただけで倒れそう」

朱美はより一層、両まぶたの辺りに力を込めた。その不安気な表情は、俺には大げさに演じているようにも見えた。

「先輩はちょっと、精神的に弱かったんじゃないの？」

「えーそんなことないよ。精神的に弱い人が、試合に出て活躍なんてできる？」

期待していた答えと違ったのか、不服そうに頬を膨らませた朱美に、俺はわかったような口を利いた。

「スポーツの体力的な厳しさと、社会に出てからの厳しさなんて全くジャンルが違うだろ。先輩はたまたま、そっち方面のプレッシャーに弱かったんだよ。それか、よっぽど会社との相性が悪かったんだね」

「そうかなあ」

「先輩にはアメフトの才能はあったかもしれないけど、サラリーマンの才能はなかったってこと」

「サラリーマンの才能ってなによ」

さらに口を尖らせた朱美は、少し突き放すように言った。

俺はなぜか、朱美よりもずっと人生の先輩のような口ぶりで、自信満々に言った。

「本当に出来る人間っていうのは、どんな環境にいてもできるんだよ。社会に出てから一番重要なのは、体力でも、我慢強さでもない。頭のよさだ。どんな人とでもやっていける適応能力だ。要は『人間力』がある奴が一番強いってこと」

俺に話しても無駄だと思ったのか、あの時以来、朱美との会話に橘先輩の話題が出ることはなかった。

もしもタイムマシンがあったなら、あの時に戻って、得意満面に話している俺の胸倉を摑み、「黙れ、馬鹿野郎！」と怒鳴ってやりたい。

朱美はあの頃から、俺よりもずっと冷静な視線で社会を見つめ、敏感にその怖さを感じ取っていた。

一方俺は、その『人間力』とやらが自分には備わっていると思っていた、ただの阿呆だ。社会というものを完全になめていた。

そして今、阿呆の勘違いは見事に打ち砕かれ、社会の厳しさと、自分の無力さを痛感している。

橘先輩は、今頃どうしているんだろう。

その後のことを聞いておけばよかったと、今更ながら少し後悔した。

ふと、隣の男に目をやる。見るからに着古したスーツに身を包み、薄くなりかけた頭には隠しきれない白髪が、ホームの明るい電灯に照らしだされている。

お世辞にも小綺麗とは言えない。しかし、横顔がどことなく俺の親父に似ている。

彼はこの数分間、微動だにしていない。俺が見ていることにすら気づかず、うつろな目の奥にはかすかな光さえ見えない。

何十年か後の俺も、こんな感じなんだろうか。くたびれたスーツに身を包み、満足するには程遠い額の金を稼ぐため、片道二時間弱の道のりを満員電車に運ばれ続けるのだろうか。


ようやくホームの電光掲示板が、家へと向かう電車を表示した。

やっと帰れる。

大きな溜め息をついたその時、スーツのポケットがブルルルルと振動した。

――マジかよ。

振動しているポケットから携帯を取りだし、表示画面を見る。

眩暈がした。

クソ上司が。

気づかなかったことにしよう。もう今日は帰りたいんだ。取引先には土下座せん勢いで謝っただろうが。俺は何にも関係ないのに謝っただろうが。これ以上なんだっていうんだ。どうせ明日も出社するのに、何でこんな時間に電話をかけてくるんだ。

もういい。

もう帰ろう。帰って寝よう。

携帯はしつこく振動している。

全てが面倒くさい。

俺は携帯の電源を切って、またポケットに仕舞った。

明日出社したら、思いっきりキレられるんだろうな。そうだ、充電が切れたことにしよう。そのまま気づかず眠ってしまったと言って……。

無駄だな。言い訳なんて通用しないことは、重々承知だ。

眠ってしまうと今日が終わる。

目覚めた時にはもう明日だ。

眠りたくない。眠らなければ明日は来ない。

家に帰っても眠りたくないならいっそ、ここで寝てしまおうか。

なんだかわけのわからないことを考えながら、俺はゆっくり目を閉じてみた。

すると、頭がふわふわしてきた。気持ちがいい。

このまま立ったままで眠れるんじゃないか。

だんだん地面もふわふわしてきた。

こんなにいい気持ちになったのは久しぶりだ。飲んでもないのにほろ酔い気分か。

周囲の音が遮断されていく。騒々しいホームにいるとは思えないほど、静かだ。

このまま、この心穏やかなままで気を失ったら、ホームに落ちるんだろうか。

そうしたら明日、会社へ行かなくても済むかな。

三十秒くらいだろうか。体感にしたらもっと長く感じたが、きっとそのくらいだろう。

目を閉じていると突然、右腕に衝撃が走った。

驚いて振り向くと、俺のあまり引き締まっていない腕の肉に〝誰か〟の指がガッチリ食い込んでいる。さほどゴツくはないが、明らかに男の指だ。

その指先から腕へと、少しずつ視線を這わせていく。

肩まで辿ったその先には、全く見覚えのない、俺と同い年くらいに見える男が、満面の笑みで俺の真後ろに立っていた。

わずか二十センチほどの距離で、笑顔の男とバッチリ顔を見合わせる形となってしまった俺は、ギョッとして少し後ろに仰け反った。

無駄にデカい頭に体重がかかり、上半身がぐいんとホームからはみだした。

線路上に大きく傾いた俺の身体を見て、隣の親父似の男が息を呑み、目を見開いたのがわかった。

どうやら彼にも感情は残っていたようだ。

俺はなぜか、少しほっとした。

落ちる――――

そう覚悟した瞬間、俺の身体は凄い力でグイッと引き戻された。

どう見ても貧弱そうに思えた〝その腕〟は、一七五センチある俺の身体をいとも簡単にホーム上へと引き戻した。その頼りない風貌からは、とても想像できないような強い力だった。

茫然とする俺に、男は満面の笑みを崩さぬまま言った。

「久しぶりやな！　俺や、ヤマモト！」

……ヤマモト？　誰だっけ。

俺は戸惑いながらも、なんとか頭を回転させ、記憶を巡らせてみる。

が、ヤマモトという名前にも、この男の顔にも覚えはない。

ヤマモトと名乗るその男は、子供のように無邪気な笑顔で話し続けた。

「ホンマに久しぶりやなあ。小学校以来か。でもすぐわかったで。お前、変わってへんなあ」

ヤマモトは、歯磨き粉のＣＭのように歯を見せてニカッと笑うと、俺の右肘の上あたりを力強く摑んだまま、列の後ろの方へと移動し始めた。

「え……」

俺は、呆気に取られて抵抗することも忘れ、ヤマモトにズルズルと引きずられるようについて行った。

ホームの真ん中ほどまで来て、ようやくヤマモトは俺の右腕を解放してくれた。

改めてマジマジとその男の顔を見つめてみる。

小学校以来ってことは同級生なのだろうか。しかし全く思いだせない。

関西弁の奴なんてクラスにいなかったような気がするが。

「あの……、悪いけど俺、お前のこと……」

正直に「覚えていない」と言おうとした瞬間、ヤマモトは俺の話を遮るように、凄い勢いでペラペラとしゃべりだした。

「いや、でもホンマ懐かしいわ。こんなところでお前に会えるとはなあ。ほら俺、小学四年なる前に大阪に引っ越したやん。だから、もう東京の友達なんて誰とも連絡とってないねん。会えてめっちゃ嬉しいわ。今から帰るんか？」

「う、うん。まあ……」

ヤマモトの笑顔と勢いに圧倒されて、なんとなく「知らない」と言いだし辛くなった俺は、曖昧な返事をした。

「マジか！　めっちゃええタイミングやん。よし、飲みに行こうぜ」

突然の誘いに「え、いや、あの」とあたふたする俺を気にも留めず、ヤマモトは続けた。

「よーし、行こ行こ。オレ、いい店知ってるから！　刺身食える？」

「いや……、食えるけど……」

「よっしゃ、決まりや！」

ヤマモトは嬉しそうに叫んだ。

俺は、ただただ戸惑っていた。

「うわあ、こんな偶然ってあるんやなあ」

ヤマモトはニコニコと、改札へと続く階段に向かって歩きだした。

どうしよう。

その場で立ちすくむ俺に、ヤマモトが振り向いてとびっきりの笑顔を見せた。

「マジで、神様に感謝やわ」

綺麗な前歯をキランと光らすヤマモトは、心から喜んでいるように見える。

もしかしたら、昔はそれなりに親しくしていたのかもしれない。

そう思うと、彼を思いだせない自分がなんだか申し訳ないような気持ちになってきた。

とりあえず覚えているフリでもして話を合わせるか――

俺はまだ少しぼうっとした頭のまま、ふらふらとヤマモトの後に続くように歩きだした。

お世辞にも綺麗とは言えない店構えの居酒屋は、月曜の夜であるというのに、地元の人らしき客で繁盛していた。

あまり座り心地のよくなさそうな、木製に薄い座布団を敷いただけの椅子は、相当年期が入っているように見えた。

ヤマモトはその椅子にどっかと腰を下ろすと、そそくさとメニューを手にした。

俺はどうしていいのかわからず、その場に立ちすくんでいた。

「はよ、座りや」

にこやかにそれだけ言うと、ヤマモトはいくつかあるメニュー表の中から『本日のおすすめ』と書かれた和紙のようなものを取りだし、真剣な表情でにらめっこを始めた。

勢いでついてきてしまったものの、さて、どうすればいいのか。

とりあえず、俺はそのまま席には着かず、ヤマモトにトイレへ行く旨を伝えた。

ヤマモトは俺のカバンを預かると、「ビールでええか?」と、ホームで見せたのと同じ歯磨き粉スマイルを見せた。俺は、「ああ」と、ヤマモトのとはまるで違う、ぎこちない微笑(ほほえ)みを返して、トイレの中へと逃げ込んだ。

トイレは店の内装から想像していたよりも、清潔に保たれていた。一人になった狭い空間で、急いで携帯を取りだす。画面をスクロールすると、久しく見ていなかった懐かしい名前が羅列される。

俺はその中から、丸二年以上連絡をとっていなかった一人に電話をかけた。

意外なことに電話番号は変わっていなかった。数回のコール音の後、携帯の奥から少し訝しんだ彼の声が聞こえた。

――はい？

――あっ、あのー、俺、青山だけど……か、岩井？

俺は一瞬、「一樹」と呼ぼうとして、改めた。

久しぶりに連絡して、以前のように馴れ馴れしく呼んでいいものか迷ったからだ。

電話口の岩井一樹は、俺の名前を聞いて声のトーンを上げた。

――おーっ、やっぱ青山か！　久しぶりだなあ。え、どうしたの？

――あのさ……ちょっといきなり変なこと訊いて悪いんだけど、お前、ヤマモトって覚えてる？

――ヤマモト？

――うん。たぶん、小学校の時、同じクラスだったと思うんだけど……。

――何年の時？

――いやーそれがさ……あっ四年になる前に転校したって言ってたから、その前かな。

――あー、ヤマモト……ケンイチ？　小三で同じだった。

――あーっ！　ヤマモトケンイチ……いたな、確か。俺と仲よかったっけ？

――えっ？　何、いきなり。青山と……そんなにすごい仲よかった印象はないけどなあ。でも覚えてねーよ、そんな昔のこと。

――だよな。悪い、いきなり。

――ヤマモトがどうかしたの？

――いや、別に大したことはないんだけどさ……ちょっと気になって。

――ふーん？

――いや……いや、もう大丈夫。ありがとな。

――おー、なんかよくわかんねーけど。てか、お前今なにしてんの？

――えっ？

――仕事だよ、仕事。全然連絡とってなかっただろ。

――ああ……まあ、普通に営業だよ。

――営業かあー、大変だよなあ。俺もさあ、今、四葉物産の営業やってんだけどよ、もう大変だよ。今度、情報交換しようぜ。

――ああ、また、そのうちな。ごめん、ちょっと今、時間なくて……。

――あーわかった。じゃあ、またな

――ああ、助かった。またな。

携帯を切ると、色々な感情が押し寄せてきた。

岩井、四葉物産にいるのか……。俺が落ちた企業だ。大本命だったのに。

四葉物産のあいつとどんな情報交換をしろって言うんだ。印刷物があれば弊社にお任せくださいって頼むぐらいしかない。中学の頃までは、俺のほうが成績よかったのになあ。

ぼーっと考えていると、キイーと扉の軋む音がした。誰かが入ってきたようだ。

俺は急いで、トイレの水だけを流すと、狭い個室から外に出た。

席に戻るまでの短い道中、頭の中で彼の名前を復唱する。

ヤマモトケンイチ……

やはり、彼との思い出深い出来事は、これといって浮かばない。

それどころか、彼の顔すらあまり思いだせない。あんな、特徴のある笑い方してたっけな。どちらかというと、大人しいほうのクラスメイトだった気がする。それとも、大阪に住んだら人は明るくなるんだろうか。有り得るかもしれないな。

「悪い、待たせて」

席に戻ると、ヤマモトに預けていたカバンを受け取り、小さな座布団になんとか尻を収めた。

「いや、待ってへんかったし、ええよ」

ヤマモトのジョッキの中身は半分に減っていた。ニカッとした歯磨き粉スマイルも見慣れてきた。

「泡、消えてもうたで」

ヤマモトは俺のジョッキを指さすと、いかにも残念、というように眉を下げ、下唇を尖らせて見せた。

「ああ、いいよ。トイレ混んでてさ」

俺は、目の前にあるヤマモトの豊かな表情と、記憶にうっすら残っている、昔のヤマモトの面影を重ねてみようとしたが、やはり上手くいかなかった。

思いだせない記憶を、いつまでも辿っていてもしかたない。

泡のなくなったビールは、まだ冷たさがしっかり残っていた。それを三分の一ほど喉に流すと、俺は素直にヤマモトに訊いてみることにした。

「なあ、なんで俺のことわかったの？」

ヤマモトは枝豆を指先で弄びながら、少し考える表情を見せた。そして、またニカッと笑った。

「顔、変わってなかったから」

「そうか？」

「自分じゃわからんやろ」

確かに。自分の顔が昔と比べて変わっているかどうかなんて、わからないし、気にしたこともない。

「ヤマモトは、なんかちょっと変わった気がする」

「そう？　大阪弁になったからとちゃう？」

「ああー、確かにそれはあるよ。絶対。やっぱ大阪行ったら大阪弁になるんだ」

「まだ小さかったからなあ。もう完全にネイティブ大阪人やで」

「はは、なるほど。やっぱみんな面白くなるんだな」

俺が笑った瞬間、ヤマモトは俺を指さし、大きな声を出した。

「それー！」

「はっ？」

突然のことに、俺はすっとんきょうな声を出してしまった。

「それ、アカンやつやで。大阪人が全員おもろいとか思ったら絶対アカン。それでどんだけハードルあがって、どれだけの大阪人が傷ついてきたか」

「えっそうなの？」

「最近テレビでも、大阪のノリとか、漫才みたい〜とかようやってるやん。でもあんなん、周りにフォローする人間がおってこそやからな！　こんなどアウェイで、いきなり面白いことやってーとか、もうリンチと同じじゃで」

「そうなんだ。わかった。周りに言っとくわ」

俺はヤマモトの勢いと剣幕が可笑しくて、クスクス笑いながら言った。

「おう、それはしっかりゆーといてや。ほんまに！　笑ってるけど」

そう言いながら、ヤマモトもニヤニヤと笑いながらビールを飲んだ。

「お前も笑ってんじゃん」

「おーいいねえ、今のツッコミ。コレあるんちゃう」

ヤマモトは、自分の二の腕をパンパンと叩いて、ニカッと笑った。


不思議な気分だった。

十何年か振りに会ったのに、まるで久しぶりな感じがしない。

ずっと前から仲のよい、友人のような気がする。

やっぱり、昔の俺たちは仲がよかったんだろうか。

あっというまにビールを二杯飲み干した俺たちは、当然のように三杯目のビールをおかわりして、昔話を始めた。

「ヤマモトはさあ、小学校の頃の俺とのこと、何か覚えてる？」

「んー……覚えてない！」

「なんだそれ」

俺は苦笑した。

「青山は？　昔のこと、なんか覚えてる？」

ヤマモトが同じ質問をした。

「んー……」

「別に、俺とのことじゃなくてもいいよ。昔話しようや。たとえば、昔は何になりたかった、とか」

そう言ったヤマモトは、はっとするほど優しい目をしていた。

楽しい、という感覚を思いだしたのは、本当に久しぶりのことだった。もしかしたら、働きだしてから心の底からリラックスしたことは、一度もなかったのかもしれない。

三杯目のビールがテーブルに届くと、俺は舌もなめらかに話しだした。

「昔なりたかったものかあ。なんだろなあ。一番最初はサッカー選手かな。ヤマモトは？」

「俺は、映画監督」

「えー渋いなあ。小学校の頃なんて、アニメしか見なかった」

他人の夢を聞く機会なんてなかなかない。昔の話とはいえ、ちょっとした秘密を共有しているようでワクワクした。

気がつけば、今の時間も、明日の仕事も、今日が悪夢の月曜日だったことも、すっかり忘れていた。

「あーほら、ムラセンって覚えてる？　小三のとき担任だったじゃん。いっつも黒のジャージ着てた」

　今まで食べた中で一番うまいと思うホッケをつまみながら、俺はビールを喉に流し込んだ。今日はいくらでも飲める気がする。

「あーあー、めっちゃ懐かしいなあ」

　ヤマモトが目を細めながら言った。

「あいつ、まだサッカー部の顧問やってるらしいよ。俺がいた頃ですら、走るのしんどそうだったのに。よく続けられるよなあ」

　ムラセンのスイカが丸ごと入ったような腹を思いだした。あの腹は今頃どうなっているんだろう。頭の禿げたムラセンが、でっぱった腹をさらに突きだして走っている姿を想像して、俺は少しニヤけた。

　ヤマモトは、一生懸命ホッケの身をほぐしていた手を止めて言った。

「ムラセンの小さい頃の夢は、サッカー部の顧問やったんかもしれんぞ」

「それなら、すげー夢叶ってんじゃん。でも、普通はサッカー選手だろ」

「だってその頃って、まだプロサッカーなかったんちゃうか？」

「あーそっかー。確か、俺らが生まれてからだな。Ｊリーグできたの」

「それまではプロ選手って言ったら、野球一択やったんやろなあ」

「でも俺、あれ覚えてるよ。フランスワールドカップ。確か、フランス大会だったと思う。あれが人生で初めて、サッカーの試合見た日かも。ルールとかよくわかんなかったけど、なんかすげー興奮して、必死に応援してたの覚えてる」

「今は、やってへんの？ サッカー」

「高校までかなあ。大学に入ってからはサークルでフットサルやってたけど、お遊びって感じだったしな」

「花のキャンパスライフってやつやな」

「古っ」

俺とヤマモトは同時に声を出して笑った。高校生の頃に戻ったように。

高校生の頃のヤマモトは知らないけれど、きっとこんな感じだったのだろう。きっと友達も多くて、クラスの人気もので。俺がクラスメイトなら、間違いなくあだ名は『歯磨き粉』にする。

「そろそろ終電か？」

ヤマモトがここに来てから初めて、腕時計に目をやった。

ちょうど、四杯目のビールを飲み終わるところだった。

「ああ、そうだな」

俺は、名残惜しい気持ちを隠し、なんでもないような顔でカバンを探ると、財布を取りだした。

「今日はええよ」

ヤマモトが俺の手を制して言った。

「えっなんでだよ」

「俺から急に誘ったし」

「べつにいいよ、そんなの」

日本人らしい押し問答をしながら、レジへ向かう。そういえば価格をちゃんと見ていなかった。

レジ前でも財布を仕舞わない俺に、ヤマモトが言った。

「次はお前に出してもらうから」

この一言で、俺は素直に財布をカバンに引っ込めた。

ここで割り勘にして、次の約束が消滅するのが嫌だったのかもしれない。

それほどまでに、ヤマモトと過ごした時間は楽しかった。

思っていたよりリーズナブルだった居酒屋を後にし、駅に向かって歩きながら、ヤマモトと連絡先を交換していないことに気がついた。

携帯を取りだそうと、ポケットに手を入れた時、ヤマモトが急に立ち止まった。

「青山、携帯教えて」

なんていいタイミングだ。思わず頬が緩んでしまう。

「なに、ニヤついてんねん」

そういうヤマモトも、負けじとニヤニヤしている。

「べつに……」

「そこは、『お前もニヤついてんじゃん』やろ！」

ああ、しまった、と思った瞬間、ヤマモトがすかさず言った。

「あーあ、やっぱりまだまだやなあ。次会うときまでにもっと腕、磨いといてや」

そう言いながらヤマモトは、自分の二の腕をパンパンと二回叩いて、ニカッと笑った。

本日最後の歯磨き粉スマイル。

俺も、本日最後の不器用な微笑みを、ヤマモトに返した。

十月十日（月・祝）

今日は朝からいい天気だ。

以前は、休日の午前中に起きるなんてことはなかった。太陽の光を浴びて、ゆったり伸びをすることもなかった。

シャワーを浴び、新しく買ったシャツに腕を通す。鏡の前に立ち、髪にワックスを揉み込み、毛先を少し遊ばせる。

『休みの日こそ、気合を入れてお洒落をしろ』

ヤマモトに言われたことだ。

『たとえ、デートの相手が男であっても』

最初は、面倒くさいこと言う奴だな、と思った。が、いざそれを実行してみると、いつもより少し早めに起きて身支度を整えるだけでも、気持ちが上向きになることに気がついた。

お洒落と言われても着る服がないので、時間を見つけては買い物に行くようになった。

営業の外回り中に、ショーウインドウを見ながら歩くようになった。ガラスに囲まれた小さな世界はいつもカラフルで、見るだけで季節を感じることができた。店員の服装を見て、その時の流行も少しだけわかるようになった。高いものではなくても、新しい服を買うという行為は思っていたより楽しく、少しずつ、自分が好きな色や形もわかってきた。面倒くさかった美容院にも行った。

服装が変わると気分も変わる。気分が変われば表情も変わる。

辛気くさい顔をした奴と話したい、ましてや何かを買いたいと思う人はいない。ということに気づいたのはつい最近だ。

実際職場で、雰囲気が変わった、と言われるようになり、営業の成績が少しだけ上向きになった。

本当にほんの少しずつではあるが、仕事に対しても自信が出てきた。

小走りで改札を抜けると電車に飛び乗った。約束の時間ギリギリだ。

残念ながら、デートの相手は今日もヤマモトだ。

あれから毎週末ヤマモトに会っている。先週は俺の好きなサッカー観戦に行き、ほんのおとついは買い物をして、その後ヤマモトの好きな映画を見に行った。平日でもたまに仕事帰りに飯を食ったりする。まるで付き合いたてのカップルだ。

先日会った時、ヤマモトが俺に「何の仕事してるねん」と訊いた。

俺は〝営業〟だと答えると、ヤマモトに自分の名刺を一枚渡してやった。

それからヤマモトは、俺に様々なアドバイスをくれるようになった。

それはほんの些細なことから、直接仕事に関わりそうなことまで多岐にわたった。

ネクタイの色を少し明るくしたらどうか、とか。髪を切って耳とおでこを出せ、とか。

はたまた、誰かに何かを説明をする時は自分で思う一・五倍ゆっくり話せ、などということまで。

「でも、あんまりゆっくり話したら、馬鹿にしてると思われないか」

半信半疑な俺に、ヤマモトは得意の歯磨き粉スマイルで言い切った。

「絶対、思われへん！　保障したるわ」

「そうか？」

「あのな、大人っていうのは、たとえ相手の話が理解できへんかっても、よう『わからんかったから、もう一回言ってください』て言われへん。カッコつけーな生き物やねん。だから、小学生相手にするくらい、親切丁寧にゆっくり話してやるんが丁度いいんや」

「なるほどな……」

「もし、それぐらい知ってるわって怒られるのが怖かったら、頭に『ご存じかもしれないですけど、念のため』て言うといたらええんよ。そしたら、知ってることは向こうから自慢げに言うてきよるから。そしたら、『あー凄いですねえー、やっぱりよくご存じですねー。僕より詳しいんちゃいまっかー』言うとくねん」

　その言い方が可笑しくて、俺はニヤニヤ笑った。

「適当すぎるだろ」

「言い方は東京風に変えとけよ？　でもホンマやで。ちょっとでも相手を褒められるチャンスがあれば、何でも褒める。こっちの話を聞いてもらう前に、相手の話を聞く。相手に話を振る。そしたら、向こうもちゃんと聞く耳もってくれる。それで初めて対等な人間関係が築けるんや」

　俺はヤマモトのミニ講座に感心しつつ、まだ訊いていなかった疑問を尋ねた。

「そういや、ヤマモトって何の仕事してるの？」

「今？　今はただのニートや」

「ニート！　ってお前、仕事してないの？」

　どうりでいつ誘ってもホイホイ来るわけだ。

「一応、アルバイト的なことはしてるで？　食い扶持は稼がんとな」

「大丈夫かよ、それで。今、就職先探してるってこと?」

「就職先……まあ、就職なんてせんでも、意外と生きていけるからな」

あっけらかんと答えるヤマモトだったが、もしかしたら何か事情があるのかもしれない。これ以上、そのことについて深く訊くのはやめようと思った。

「俺、営業か販売職かと思ったよ」

「そら、なにわの商人の血が流れてるさかい」

ヤマモトは俺でも変だとわかるほど、コテコテな大阪弁で言った。

「いや、血は東京じゃないのかよ。元はこっち生まれだろ?」

「親が元々大阪やさかい」

「そうだったんだ」

「嘘やさかい」

「えっ、どっちだよ!」

「なにわの商人なめたらアカンで、ちゅーこっちゃ」

「もう、わけわかんねーよ」

俺が呆れて笑うと、ヤマモトは嬉しそうにへへっと鼻をこすった。

どれが嘘で、どれが本当なのか。ヤマモトが、どこまで真剣に俺にアドバイスをくれているのかは、正直わからない。

しかし、間違いなくヤマモトの何気ない言葉は、少しずつではあるが、俺を変えていってくれている。仕事にもよい影響を与え始めている。

ヤマモトがあの日、あのホームで俺を見つけてくれなかったら、俺は今頃どうなっていたのだろう。

考えると恐ろしくなる。

それにしても、いくら顔が変わっていないとはいえ、小三の頃の同級生をよく見つけたものだ。

それをどうしても不思議に思い、ヤマモトに訊いてみた。

ヤマモトは、ちょっと気持ち悪いこと言っていいか、と前置きした後で、こう答えた。

「ビビッときてん。運命やったんかもな」

そしてニカッと笑った。

俺は、もうそれでいいか、と自分を納得させた。

偶然起こった奇跡のような再会。
それが俺たちの運命だったとしたなら、それでいいじゃないか。
そのおかげで俺は救われた。神様が見てくれていたのかもしれない。
俺はその数奇な運命に、素直に感謝した。

一週間の歌　作詞作曲　青山　隆(たかし)

月曜日の朝は、死にたくなる。

火曜日の朝は、何も考えたくない。

水曜日の朝は、一番しんどい。

木曜日の朝は、少し楽になる。

金曜日の朝は、少し嬉しい。

土曜日の朝は、一番幸せ。

日曜日の朝は、少し幸せ。でも、明日を思うと一転、憂鬱。以下、ループ

入社一か月目にして、現実逃避のために作った歌だ。いつまでたっても俺は阿呆だ。

今日は、水曜日。一週間の折り返し。つまり、身体はそこそこ疲れてきたのに、まだ半分も週が残っているという、個人的には一番モチベーションを保ち辛い曜日である。

しかし、今日だけは朝から気合いが入っている。

先週ヤマモトに選んでもらったネクタイを、鏡の前でいつもより丁寧に締めた。澄みきった秋空のような美しいブルーだ。

入社してからずっと通い詰めていた小谷製菓という菓子メーカーで、少数ながらも受注を取れそうなところまできていた。今回の受注は、社内広報的な小さいものだが、これが上手くいけば、チョコの中に入れるフレーバー説明書をうちで印刷できるようになるかもしれない。一度契約にこぎつければ、今後かなり重要なマーケットとなる。入社以来、最も大きな契約がまとまる可能性があった。

「おはようございます！」

一番乗りだと思ったオフィスには、五十嵐先輩の姿があった。この部署のエースとも言える存在で、みんなから一目置かれている。俺の憧れの人だ。顔もよければ人間性も素晴らしい。入社以来、俺の面倒をよく見てくれていて、数少ない話しやすい先輩の一人でもある。

「朝から元気だなあ」

五十嵐先輩は、端正な顔立ちを崩さぬまま、いつもの優しい笑顔で言った。

ピンクに近いような薄紫色のネクタイがよく似合っている。

そういえば先輩はいつも、明るい色のネクタイをしている。話すスピードも、この部署の誰よりもゆっくりだ。ただでさえ早口な人間が多い中、先輩から漂う余裕や優しさは、話すスピードが関係しているのかもしれない。

「今日はちょっと、気合いを入れて臨まないといけないので」

「小谷製菓とのアポか。どうだ、いけそうか？」

「なんとか、いい感じにいけそうです。今、万全の準備をしている最中です」

「そうか。最近、調子よさそうだもんな。これが決まればデカいぞ。わからないことがあったら、何でも聞けよ」

「はい！　ありがとうございます」

これが上手くいけば、大きな自信になる。それを応援してくれる実績ある先輩もいる。これほど頼もしいことはない。

今回だけは、上手くいく気がする。

どんなに辛い仕事でも、どんなに体力的にキツくても、成果が出れば精神的に楽になる。病は気からとはよく言ったもので、精神状態が安定すると、不思議なほど身体が元気になる。残業なんてなんのその。

部長の怒鳴り声だけは相変わらずだったが、それでもヤマモトに愚痴を聞いてもらえることで、ストレスも格段に減った。

今の俺は、よいサイクルに入っているという実感があった。

俺は意気込んで、小谷製菓に出向く準備をした。

「それで、今日は上手いことといったんか」

初めて二人で飲んだあの居酒屋で、俺たちは再び膝を突き合わせていた。店の名前と同じように、今日も客入りは〝大漁(たいりょう)〟だった。

早く今日の結果を報告したくて、帰りにヤマモトを呼びだすと、ヤマモトは二つ返事で来てくれた。

「うん、かなりいい感じだった。担当が野田(のだ)さんっていうんだけど、俺が入社した当時から話を聞いてくれている人なんだ。て言っても最初はなかなか難しい人だったんだけどさ。ちょっとずつ話を聞いてくれるようになって、最近ではプライベートの話をしてくれたり。あっ、先月お孫さんが産まれたんだって。その子がチョコを食べられるようになるまでは現役で頑張りたいって……」

言いながら俺はハッとしてヤマモトを見た。

「ごめん、一人でしゃべって」

「ぜんぜん、ええよ。それで？」

ヤマモトは優しい微笑みで言った。

「それでさ、とうとう俺の誠意と熱意が伝わった、って言ってくれて。まだ少数だけど契約を結べたんだ」

「よかったなあ」

ヤマモトは嬉しそうに目を細めた。

「これが上手くいけば、いよいよ次は大きな単位の受注を取れるかもしれない」

俺は饒舌だった。

「すごいやん。このまま上手いこといったらええな」

まるで自分のことのように嬉しそうに笑うヤマモトを前に、俺は小さな座布団の上でモゾモゾと尻を動かし、できるだけ姿勢を正した。

どうしても、ヤマモトに伝えたいことがあった。

ピンと背筋を伸ばして、目の前の男をまっすぐ見つめると、彼は不思議そうな顔をした。

「ヤマモト、色々ありがとな」

ヤマモトは意表を突かれたような、驚いた表情を浮かべた。

そして、少し照れくさそうに言った。

「なにがやねん」

「ヤマモトがいてくれなかったら俺、この契約取れなかった」

ヤマモトは、はにかんだ笑みを浮かべたまま、ビールに手を伸ばした。照れくささを隠したいように見えた。

「なに言ってんねん。今までの努力と誠意の賜物や。青山の実力やで」

「いや、俺を変えてくれたのはヤマモトだよ。自信を持って相手と話をできるようになったのも、ヤマモトのアドバイスがあったおかげだから。マジで、感謝してる」

真面目に話す俺に対し、ヤマモトは、ハハッと声を出して笑った。

「なんや、酔っぱらってんのか？」

「まだ酔ってねえよ」

俺が微笑みを返すと、ヤマモトがさらに嬉しそうに、ニカッと笑った。

出会った時からちっとも変わらない、この笑顔。

俺の笑顔はどうだろう。少しは自然に笑えるようになっただろうか。

ヤマモトから見た俺が、ちょっとでも変わっていたらいい。

いつか、こいつの笑顔は素晴らしい、と思ってもらえるような人間になりたい。

ヤマモトからも、周りの人からも。


上機嫌で二杯目のビールを飲み干した頃、ヤマモトが言った。

「青山、かなり残業続いてるんやろ？　今日はそろそろ解散しよか」

「えーもう？」

「いま身体壊したら、元も子もないやろ？」

腕時計に目をやる。

時刻はすでに、午後十時をまわっていた。

「契約決まったら、改めてゆっくり祝勝会でもしようぜ」

そう言うと、ヤマモトはもう一度、ニカッと笑った。

「まあ、そうだな。あっ、今日は俺が誘ったからな」

俺はひったくるように伝票を手に取ると、急いでカバンの中の財布を探った。

店の外に出ると、少し風が吹いていた。冷たさを増した風が、ビールで少し温まった頬をなでていく。とても気持ちがいい。

ヤマモトも気持ちよさそうに、風に短めの髪をなびかせていた。

「今日は、ごちそうさん。ほんなら祝勝会は、俺がどっかいい店連れてったるわ」

「マジで？　よっしゃあ！　期待しとこ」

「ほな、明日も適度に頑張れよ」

ヤマモトはそれだけ言うと、くるりと背を向け、歩きだした。

俺はその背中に向かって言った。

「おう！　ありがとな」

ヤマモトは背を向けたまま、片手を上げて応えた。

本当に気持ちのいい風だ。俺はゆっくり歩きながら思った。

四季の中で秋が一番好きだ。暑くも寒くもなく、花粉も飛ばない。

そして何より、柔らかく吹くひんやりとした風は、心を穏やかにさせる。

俺は、このまま何もかもが上手くいくと信じていた。

十月十五日（土）

ヤマモトの言った通り、このところ残業続きだった。

以前に比べると格段にやる気はあるが、それと体力はまた別問題。気張っていても実際、辛い。

どんなに踏ん張り時でも身体を壊しては元も子もない。まったくその通りだ。

明日は日曜。ゆっくり眠って体力を回復しよう。そう思った俺は、いつもより少し早めに仕事を切り上げ、足早に家へと向かった。

自宅のある駅に着いた途端、タイミングを計ったかのように携帯が鳴りだした。

一瞬、部長の顔が頭をかすめて、身体がビクッと反応した。

恐る恐るポケットから携帯を取りだし、表示された名前を見て、また違う意味で驚きを覚えた。


――もしもし？

――ああ、俺、岩井だけど。

――おーおー、この前はありがとうな。

――あーそのことなんだけどさ。あの電話の後、なんか妙に気になってさあ。

――ん？

──ちょっと訊いてみたんだよ。いろんなヤツに。

──何を？

──ヤマモトケンイチだよ。

──あっああ、それなら……。

もう大丈夫だよ、と言おうとした瞬間、岩井の口から思いもよらない言葉が発せられた。

──あいつ今、ニューヨークにいるんだってよ。

即座に理解できず、数秒間言葉を失った後、俺は声を振り絞った。

──……えっ？

──だから、ニューヨーク。ケンイチの奴、今ニューヨークで舞台関係の仕事してるんだってさ。すごくね？

──今って、今現在ってこと？　日本に帰ってきてるとかは？

──いいや？　だって訊いたの昨日だし。今は舞台の真っ最中らしいぞ。そんなに目立つ感じの奴じゃなかったから、びっくりしたよ。でも今思えば、あの頃からなんかみんなとは違うっていうか、なんか大人っぽくてさ。アーティスト系の才能とかあったのかな。

――えっ、今、今、ニューヨークにいるんだよな？

――だから、そうだって。

――そうか……。

――隆、ケンイチに何か用事だったのかなーと思って連絡したんだよ。もし連絡先が知りたいなら教えるけど？

――いや、いや、もう大丈夫だ。

――そうか。ならいいんだけどさ。

混乱した脳内を一刻も早く整理したい。俺は会話を締めにかかった。

――それで連絡くれたのか。わざわざ悪かったな。

――いや、それは全然いいよ。あーあとー、またみんなで飲みにでも行かないかと思って。ほら、幹生（みきお）とか最近連絡とってる？　今回、あいつにケンイチのこと訊いたんだけどさ。久しぶりに電話したよ。

――ああ、俺もしばらくとってないな。

――せっかく隆とも久しぶりに連絡とれたしな。

――うん、そうだな。いきなりだったけど。

——はは、確かに。いきなり過ぎてちょっとビビったわ。でも、電話くれて嬉しかったよ。就職してからは特に、昔の仲間と集まる時間もなかったしな。

岩井の声からは、寂しさが伝わってきた。

どうやら、わざわざ連絡をくれたのは、ただヤマモトの現状を知らせたかっただけではなかったようだ。

——それは、俺も同じだよ。

——今、仕事忙しいの？

——今はちょっとな。ちょうどバタバタしてて。

——そうか。じゃあ落ち着いたら、またみんなで時間合わせようぜ。マジで。

——そうだな。落ち着いたら一回集まろう。

社交辞令ではなく、俺は心からそうしようと思った。

夜通し語り合った中学生の頃が、懐かしく頭をよぎった。

——なあ、一樹。

——ん？

——四葉の営業って、キツイ？

——あーあ、ヤバいね。ま、なんとか沈まないように、もがいてるけどな。

――そうか………みんな大変だよな。

――そうだな。人生ってヤツは、なかなか大変だよー。

――はは。

――じゃあ、また。

――おう、またな。マジで、連絡するから。

――おう！　待ってるわ。

電話を切った後、様々な気持ちが体中を交錯していた。

みんな同じだ。苦しんで、もがきながらも、なんとか自分の道を見つけようと模索している。

岩井……、一樹だって、大きな企業になればなるほど、しがらみやプレッシャーが巨大になって圧し掛かってくるだろう。

この契約の件が落ち着いたら、みんなで飲もう。

会社に対する愚痴を言い合って、社会に対する不満をぶつけて、格好つける必要なんてない。たまたま近くの席に座った、デカい面した人生の先輩方に『最近の若者は……』と、陰口叩かれるくらい、大声で話してやろう。

それにしても――
俺は宙を見据えながら思った。
ヤマモト。
あいつは、俺の同級生のヤマモトケンイチではない。
では、アイツは一体、誰なんだ。
どうして、俺の前に現れたんだ。
出会ってからずっと、なぜこんなにも、俺のことを助けようとしてくれている。
わからないよ。
ヤマモト――
お前は一体、何者だ。

一目散に家に帰ると、急いでパソコンを開いた。

ｆａｃｅｂｏｏｋ、ｍｉｘｉ、ｍｓｎ、現在は個人を簡単に特定できるインターネットツールが溢れている。

俺は、その中でもまだ信憑性の高い情報が掲載されているであろう、ｆａｃｅｂｏｏｋに目をつけた。

検索欄にヤマモトの名前を入れようとして、肝心なことに気がついた。

俺はヤマモトの下の名前を知らない。

今の今までケンイチが本名だと思っていたんだ。正しい名前など、知る由もない。

念のためアルファベットで『Ｙａｍａｍｏｔｏ Ｋｅｎｉｃｈｉ』と入力してみる。

たくさんの名前がヒットした。さらに居住地をニューヨークにして検索を続ける。

いくつかの個人情報が羅列されたその中に、それらしい人物を見つけた。仕事は舞台関係とある。

その人物のページを開く。アルファベットの他に、漢字で『山元健一』とあった。

遠い記憶が呼び起こされる。そういえば、こんな漢字だったような気がする。

彼のページにはいくつかの写真が公開されていた。

それを見て、俺は確信した。

俺の記憶にうっすらと残る彼の面影は、間違いなく写真の中の『山元健一』と、重なるものだった。

彼のページはまめに更新されているようで、昨夜食べたらしい簡素な食事までアップされていた。内容は英語のため、詳しくわからなかったが、仕事が長引いたようなことが書かれていた。

同級生の『山元健一』は、間違いなくニューヨークにいた。


俺は、懐かしい山元のページを閉じると、もう一度検索画面に戻った。

カタカナで『ヤマモト』とだけ入力する。

検索をクリックすると、もの凄い数の『ヤマモト』さんがヒットした。とてもひとつひとつ探せる数ではない。

せめて、下の名前と漢字がわかれば、その数も絞れるだろうに。

考えを巡らせている途中、ふと思った。

そもそも、『ヤマモト』というのは本名なのか？

もしかしたら適当に、日本人に多そうな名字を言っただけで、それも偽名ではないのか。

考えれば考えるほど、わからなくなる。

彼は本当に、前から俺のことを知っていたのか。

いや、そうではない気がする。

たまたま打ち解けてしまったから、知り合いだったような錯覚に陥っただけで、実は何の接点もない二人だったのではないか。

そう考えるほうが、しっくりくる。

だとしたら、どうしてヤマモトは知り合いのフリをしてまで、俺に近づいたんだ。

俺と知り合って、何かメリットでもあるのか？

いや、自分で言うのも悲しいが、俺に近づいてもメリットなんてものは何もないだろう。

まさか、信用させて何かを売りつけたりとか……新手の詐欺じゃないだろうな。

すっかり疑心暗鬼に陥った俺は、携帯を手に取った。

ヤマモトへ誘いのメールを作成する。

『明日の夜、暇だったら〝大漁〟で飲まないか？』

少し迷った末、送信の文字を指でそっと叩いた。

いつも通り、返信はすぐに来た。

『了解！』

明日、俺たちはいつもの居酒屋で会うことになった。

俺は店の前でアイツを待っていた。ほどなくして、ヤマモトは笑顔で現れた。連れだって店内に入ると、そこはいつも以上に賑わっていた。

俺は、生ビールがテーブルに運ばれてくるや否や、本題を切りだした。

「なあ。お前、本当は俺の同級生じゃないだろう」

これ以上、名前のわからないこの男を『ヤマモト』と呼び続けることに、俺は耐え難い抵抗を感じていた。

直球で質問を投げつけられたヤマモトは、いささか虚をつかれたようだった。

だが次の瞬間には、僅かにこわばって見えた表情は消え去り、いつもの微笑みを浮かべていた。

そして、事も無げに言った。

「あっ、ばれた？」

次に虚をつかれたのは俺のほうだった。

「ばれたって、お前……」

絶句する俺に、ヤマモトはあっけらかんと続けた。

「いやあ、同級生やと思ってんけどなあ。勘違いやったわあ」

　全く悪びれる様子もなく、笑みすらたたえるその姿に、俺はうっかり『なあんだ、そうだったのかー』と、納得してしまいそうになるところだった。

　慌てて左右に首を大きく振る。

「いやいやいや、ちょっと待てよ。どういうこと？　どういう勘違いだよ。ってそれ、いつ気がついたの？」

「そんないっぺんに訊かんでも」

　動揺する俺とは対照的に、ヤマモトは落ち着き払っていた。

　ゆっくりビールを口に運びながら、俺の質問に答える。

「ほら、誰やっけ。あの先生。ええと…………ナカセン？」

「……ムラセン？」

「あっそうそう！　それ、ムラセン！」

　ヤマモトは、ふう、と一息つくとまたビールを口にした。

　俺は、はやる気持ちを抑えきれず、答えを急かした。

「が、どうしたの？」

　ヤマモトは、ビールを持つ手を止めて、話を続けた。

「ムラセンが担任やったって言われた時、あー俺の担任はそんな人と違うなあって。

てゆーか、ムラセンとか知らんなあって」

「はやっ！　えっ、その段階で気づいてたの？」

俺はテーブルの上に突っ伏すように、崩れ落ちた。

「マジかよ。それ、だいぶ最初の方じゃん」

ヤマモトは顔色ひとつ変えずに、ははは、と笑っている。……ははは、じゃねーよ。

俺は少しイラッときて、ヤマモトに詰め寄った。

「なんで、その時すぐに言ってくれなかったわけ？　なんで、俺の話に合わせたんだよ。てゆーか、話合わされてることにすら、気づいてなかったんですけど」

ヤマモトは、つまみに頼んだ黄金色（こがねいろ）のエイヒレをひとつ摘まみ、それを指で裂きながら、ニヤニヤ笑った。

「そこはまあ、俺のコレやな」

そう言って、エイヒレを握ったままの右手で、自分の二の腕をドンドンと叩く。

「だってさ、あそこまで勝手に盛り上がっといて、やっぱり人違いでしたーって、言われへんやろ？　言える？　逆の立場やったら」

言えない。確かに、言えない。

返す言葉が見つからず、黙りこくった俺にヤマモトは続けた。

「でも、考えようによったらすごいことやろ？　全く知らん者同士が、偶然出会ってこんな仲よくなってんぞ。これぞまさに、運命やろ」

上手いこと言い包められそうな気配を察し、俺は微力ながら抵抗した。

そうそうコイツの言う通りに納得してたまるものか。

「最初から、俺を騙そうと思ってたんじゃないのか？」

「騙す？」

ヤマモトは、キョトンとした顔で俺を見た。

「そうじゃないなら、なんで同級生のヤマモトの振りなんてしたんだよ」

「だから、別にヤマモトの振りなんてしてないって。偶然、お前の同級生に俺と同姓の奴がおっただけで。お互い勘違いしてもうただけやん」

本当に、偶然なのか。俺は昨夜からの疑問を口にした。

「ヤマモトってのは、本名なのか？」

「うん、本名やで」

「下の名前は？」

「ジュン」

「本当に？」

「なに疑ってんねん。ほんなら、証拠見せようか？」

ヤマモトは、尻の下敷きになっていた財布を引っ張りだすと、その中から免許証を取りだした。

「ほら」

そう言うと、その免許証を俺の目の前にグイッと突きだした。

俺は、目の前のそれとヤマモトの顔を交互に見比べた。

そこには、確かにヤマモトと同じ顔の証明写真と、名前が記載されていた。

『氏名　山本　純　――――八月十八日
住所　東京都――――』

「ヤマモト……ジュン」

「なっ！　言ったやろ？」

ヤマモトはとても満足そうにニカッと笑うと、免許証を財布にしまった。

俺は、名前よりも、もの凄く気になる項目があった。

生年月日が………

「お前、俺より三つも歳上じゃねーか！　よく同級生とか言ったな」

ヤマモトは、両手を叩きながら豪快に声を出して笑った。

「マジか！　てことはー、俺ってかなり若く見えるんやなあ。いや、お前が老けて見えんのか？」

そんなことを言いながら、一人で爆笑している。

三歳も年上に見やがって。コイツ、本当に腹が立つ。

しかも結局、言い包められてしまっているようで、ちょっと悔しい。

ヤマモトは、笑いすぎて乱れた息を整えると、歯磨き粉スマイルから柔らかい微笑みへと表情を変えた。そして、少し落ち着いたトーンでゆっくりと話しだした。

「俺らは偶然出会って、たまたま友達になれた。同級生とか、そうじゃないとか、そんな細かいこと、もうどうでもいいやん。それとも俺が同級生じゃなかったら、お前は俺のこと、友達と思われへんか？　もう会いたくないか？」

友達じゃないなんて、もう会いたくないなんて、思うわけがない。

それをわかった上で、こんなことを訊いてくるヤマモトがなんとも小憎らしい。

なんとか一矢報いたい俺は、脳みそをフル回転させて、出会った日のことを思い返した。

　すると、ひとつ、不可解なことを思いだした。

「でも、ヤマモトなんで初めて会った時、俺の名前知ってたんだよ」

　ヤマモトが、一瞬、表情を変えた気がした。

「呼んでないで。ずっと『お前』って言ってた」

「そうだっけ？　たしか一回くらい『青山』って呼ばれた気がするんだけど」

「気のせいやろ？　だって名刺もらうまで俺、お前の名前知らんかったんやで」

「そうかな……」

「勘違いちゃうか？　青山、酔ってたしなあ」

「そうかなあ。そこまで酔ってはなかったと思うんだけど……」

　俺はまだ腑に落ちない表情で言った。

「じゃあ、改めまして。山本純です」

　ヤマモトが突然、ペコッときれいなお辞儀をして見せた。

「青山、隆です……」

　俺もしょうがなく、少し会釈をした。

「これでお互いに秘密はなくなったことやし、これからもよろしく！」

ヤマモトがニカッと笑った。

「俺は別に、最初から秘密なんてねーし！」

俺が不貞腐れて言うとヤマモトはさらに楽しそうに、声を出してハハッと笑った。

屈託のないその笑顔を見ていると、怒っていた気持ちもなんだか萎えてしまう。

確かに、これでヤマモトの謎は解けた。それならまあいいかと思えてきた。

人間、誰だって勘違いくらいするさ。

いくらかすっきりした俺は、いつものホッケと二杯目のビールを頼んで上機嫌で言った。

「ああ俺のこと、これからは隆でいいよ。友達にはだいたいそう呼ばれてるし」

「隆な。了解」

ヤマモトがニカッと笑う。

「俺もヤマモトのこと、これからは純って呼ぼうかなあ」

一瞬の間があいた。

二つ返事でイエスの答えがくることを期待していた俺は、予想外の沈黙に思わず息を止めた。心臓の奥の方をギュッと摑まれたような気分だった。

ほんの一瞬だったが、ヤマモトが今まで一度も見せたことのない、辛そうな表情を見せたような気がしたからだ。

何かマズイことでも言ってしまったのかと、少々焦った。

「あっ、嫌なら全然……」

慌ててフォローをしようとした俺の言葉を遮って、ヤマモトが言った。

「ヤマモトで慣れてもうたから、今更気恥ずかしいわ」

そう笑ったヤマモトは、いつものヤマモトだった。

「何それ。気持ちわりぃ」

冗談で返した俺に、ヤマモトは何かを隠すように、オーバーリアクションで早口に言った。

「なんやねん！　お前こそ何、『これからは純って呼ぼうかな~』って。きしょっ」

「はあーわかった！　もう絶対、一生、名前で呼ばねえ！」

俺も大げさに怒ったように言った。

「ははは、お前が怒ったとこ、初めて見た。そんなキレんなよ、隆」

「キレてねーよ。ヤ、マ、モ、ト！」

そう言うと、俺たちは笑った。

俺は笑いながらも、ヤマモトが垣間見せた表情が、気になってしょうがなかった。
それはほんの瞬間だったが、俺の脳裏にこびりついて、離れそうになかった。
辛いような、痛いような、なんとも例えようのない、底知れぬ苦しみを帯びた瞳。
俺は確かに、その瞳の中に、はっきりとした深い哀しみの色を見たんだ。

十月十七日（月）

月曜日の朝は死にたくなる――そう思うことも、そろそろ卒業しなくてはならない。俺は変わる。このまま受注数を伸ばして、いつか五十嵐先輩にも肩を並べるような営業マンになってやるんだ。

今回の小谷製菓はそのきっかけになるはずだ。

満員電車の中で押し潰されながら、俺は吊り広告に目をやった。雑誌の特集は『正しい転職術』『あなただけの〝天職〟ガイド』――以前はそのような本を見つける度に手に取ってみた。しかし、実際に読むことはなかった。本を読む時間すら持てなかった。

俺はそれらの吊り広告を横目に、もう俺には関係のないことだ、と自分に言い聞かせた。

「おはようございます！」

ここ最近、二番目に出社する日が続いている。オフィスには、今日も爽やかな五十嵐先輩の姿があった。

「相変わらず、絶好調だな」

五十嵐先輩は少し微笑むと、オフィスの片隅に置いてある、インスタントコーヒーの瓶を手に取った。

インスタントコーヒーは無料で飲むことができる。いや、正確には諸費用として給料から天引きされているので、無料ではないが。

「お前も飲むか？」

俺は慌てて、先輩の下へ走り寄った。

「そんな、俺がやりますよ」

先輩は優しく、いいよこのくらい、と言いながらポットから湯を注いだ。

コーヒーのいい香りが部屋中に広がる。

「ありがとうございます」

俺は恐縮して紙コップを受け取ると、来る途中のコンビニで調達した、菓子パンを一つ取りだした。

「よかったらこれ、どうぞ」

「お前の朝飯だろ？」

「いいえ、二つ買ったんで」

一つは元々、五十嵐先輩のために買ったものだ。今日も早くに出社しているだろうという俺の予想は、見事に的中した。

「悪いな」

先輩は笑顔でそれを受け取ると、その場で袋を開け、菓子パンに噛りついた。

俺も先輩に続き、菓子パンを頬張った。甘味が口いっぱいに広がり、満員電車ですでに疲れてしまった脳と身体を癒してくれる。

オフィスにはまだ他に誰もいない。俺はチャンスと思い、先輩に質問をした。

「五十嵐先輩は、どうしてそんなに受注が取れるんですか？」

先輩は、うーん、と考えた後、こう言った。

「まあ、常に意識を高く保つようにはしているかな」

「意識を高く持つ……」

なんとなくわかるような気もするが、具体的に何をどうすれば意識が高いというのか、ピンとこなかった。

「お前は？　どう思うんだ」

「僕は……」

俺は少し考えて、最近思うようになったことを素直に答えた。

「僕は、やっぱり物を売るというのは、人と人との繋がりだと思うので、少しでも相手に寄り添えるように、と思っています」

「ずいぶん立派な心がけじゃないか」

五十嵐先輩は茶化すように言った。


その日の午後、事件は起きた。

昼休憩にいつものラーメン屋に並んでいると、携帯がけたたましく騒ぎ始めた。

画面には五十嵐先輩の番号が表示されている。

「おい！　すぐに戻ってこい！　小谷製菓の野田さんからクレームが入った」

俺は踵を返すと、一目散に会社に向かって駆けだした。

オフィスに飛び込むと、険しい顔をした五十嵐先輩が待っていた。

「先輩、クレームって……」

俺は肩で息をしながら、五十嵐先輩に尋ねた。

「小谷製菓への納品が、指定していた紙種と違ったらしい。野田さんがカンカンだ」

「そんな……」

「お前、ちゃんと発注する前に確認したのか？」

「しました！　ちゃんと……」

「とにかく、一刻も早く訂正版を送らなくちゃいけない。納期は明後日までだ。それを超えたらアウトだ」

「す、すみません……俺、すぐに野田さんに連絡して……」

「先に印刷工場に連絡だよ。納期が間に合わなかったらどうしようもないだろ」

「は、はい」

「野田さんには俺がお詫びしておいたから。お前はとにかく、なんとしてでも納期に間に合わせるように交渉しろ」

「はい！」

俺は電話に飛びつくと印刷工場へ連絡を入れた。受話器を持つ手が震えている。

頼む、頼むよ……米つきバッタのように、見えない相手にペコペコしながら、祈る思いで必死に交渉を行った。

「そこを何とか！　お願いします！」

しかし、結果は無情なものだった。

——明後日までに届けるのは物理的に不可能です。別の方法を考えてください——

顔面蒼白とはこのことだ。

どうしよう。なんとかしなくちゃ。

「おい青山、どうだった」

真っ白になった頭に、五十嵐先輩の声が歪んで届いた。

「どうしよう……」

時刻は午後一時を指した。昼休憩が終わり、同僚達がゾロゾロと戻ってくる。

時を同じくして部長も戻ってきた。

不穏な空気を嗅ぎつけ、俺たちの方に歩いてくる。

「おい、どうかしたのか」

俺は俯いたまま、何も答えられない。

「何かあったのか」

部長がさらに近づいてくる。

頭の中で必死に説明を考える。何か答えなくては。

しかし頭とはうらはらに、俺の口は開く気配すらなかった。

「おい、青山！」

「…………実は」

見かねた五十嵐先輩が口を開いた。事のあらましをいとも簡潔に説明してくれる。

話が進むにつれ部署中が静まり返る中、時計の針の音と、五十嵐先輩の声だけが響いていた。

一通り説明が終わると、野太い声が聞こえた。

「で、お前はここで何してんだ」

ハッとして顔を上げると、血走った目をした部長の姿があった。怒りで顔が引きつっている。

周囲では同僚達が息を呑んで、事の成り行きを見守っている。

「お前は、今、ここで、何をしてるんだっつってんだよ！　この野郎！」

部長が俺のデスクを思いっきり蹴とばした。

もの凄い音が響き、隣の席の同僚がビクッと身を竦めた。

俺は声も出せずにいた。情けないことに、恐怖で足が震えていた。

「テメエ……」

黙ったままの俺に、部長がつかつかと近づいてくる。

殴られる――

覚悟を決めたその時、俺の前に五十嵐先輩が歩みでた。

「部長！　時間がありませんので、とにかく青山を連れて先方に出向きます」

「五十嵐が行く必要はないだろう！」

「直接、先方と電話で話したのは私ですので。今の状況を一番わかっています。責任を持って、収拾をつけてきます」

五十嵐先輩はそう言うと、行くぞ、と俺の肩を叩いて、颯爽とオフィスを後にした。

俺は自分の不甲斐（ふがい）なさに、泣きだしそうになるのを必死に堪えて、五十嵐先輩の後を追った。

家に帰ったのは、午前一時をまわってからだった。スーツを着たまま、ベッドに倒れ込む。

明日は朝一で、野田さんに会いに行かなくては。

小谷製菓は、料金を大幅に割引することで、本来の発注とは違う紙種をそのまま使ってくれることになった。もちろん割引するには部長の承認が要る。交渉は俺では話にならず、結局のところ、五十嵐先輩が部長と野田さんの間に入り、折り合いをつけてくれた。部長は最終的に、今後の取引の可能性を見込んで、かなり思い切った金額を提示した。結果、野田さんは今後の受注も、前向きに検討すると言ってくれた。

明日、改めてお詫びと、新しい受注契約書を持って行かなくてはならない。

明日は始発で会社に行こう。

とりあえず、早くスーツを脱がなくては。シワになってしまう。

しかし、身体が思うように動かない。

どうして、あんなミスを犯したんだ。発注書を作成するとき、何度も確認したはずなのに。

しかし、確かに送られてきた受注確認書には、間違った紙種が記載されていた。

もう一度、見直せばよかったんだ。

後悔しても、しきれない。

俺はやっとこさ身体を起こすと、のろのろとスーツを脱いだ。

それを力なく床に放り投げ、タンスからスウェットを引っ張りだし、袖を通す。

シャワーを浴びる気力もない。明日の朝にしよう。

おざなりに歯だけ磨いて、そのままベッドへ潜り込んだ。

携帯のアラームをセットすると、『四時間三分後に設定されています』と表示された。

四時間は眠れる。早く寝よう。

寝なければ身体がもたない。

目を閉じると、掛け時計の針の音がやけに響いて聞こえた。


チッチッチッチッチッチッ…………


頭の中でこだまするその音が、オフィスでの情景を思いださせる。

「早く寝ないと」

自分に言い聞かせるように、呟いた。

布団を頭の上まで引きずり上げる。

「早く寝ないと」

睡眠時間はどんどん削られていく。

「寝ないと……」

呪文のように繰り返す。

しかし心とは裏腹に、眠ろうとすればするほど、耳が研ぎ澄まされていく。

掛け時計の音が、次第に大きくなっているような錯覚に陥った。


チッチッチッチッチッ………


静寂に響く針の音。それは耳から身体の中へと入り込み、ついには毛細血管の一本一本にまで行き渡る。指先から足の先まで、まるでムカデでも這っているような悪寒に襲われた。

「ぬあーーっ」

俺は声とも思えぬ声を上げ、覆いかぶさる布団を蹴り上げた。

バサッと音を立てて、布団がベッドからこぼれ落ちる。

そのまま勢いよく起き上がると、ずんずんと部屋の入り口まで歩き、電灯のスイッチを点けた。

パッと眩(まぶ)しい光が灯り、思わず目をしかめる。

そのままベッドのほうへ戻ると、今度はその上に立ち上がった。

ベッド横の壁に掛けられた、時計に手を伸ばす。

俺は躊躇せず、その時計を壁から外し、床へ投げつけた。

ドンッという鈍い音が部屋中に響く。

その音で、はっと我に返った。

なぜか、走った後のような荒い呼吸をしていた。

「落ち着け……」

俺は、ハアハアと音を立てている自分の呼吸を、ゆっくり沈めた。

床には、電池が転がり針が取れてしまった、無残な掛け時計の姿。

しばらく茫然とそれを見つめる。

頬に冷たいしずくが一滴、伝っていった。

俺は、どうしてしまったんだろう。

先日までの自信が嘘のように、一瞬にして崩れ去った。

なんてちっぽけな自信だったのか。

ほんの少し、仕事が上手くいきだしたくらいで、何の自信を得たというのか。

社会をなめきっていた学生時代から、ちっとも成長していない。

やっぱり俺は、何をやっても駄目なのか。

俺は灯りを点けたまま、掛け布団をズルズルとベッドの上に引き上げると、もう一度その中に潜り込んだ。

そして、声を殺して泣いた。

翌日からは、文字通り地獄が始まった。

野田さんは予想に反して、俺が担当を継続することを認めてくれたが、部長がそれを許すはずはなかった。

半年間、顔を合わせ続けた野田さんとは、きっともう会うことはない。

小谷製菓の担当を外され、俺がほとんど取りつけていたその後の大きな契約は、五十嵐先輩が引き継ぐことになった。

その後は見せしめのように、外回りを禁止された。

「お前が出向くと、相手先に迷惑がかかるだろうが！　外に出るんじゃねえよ！」

部長からは、部署の全員に届くような大声で、何度も罵られた。

伝票整理や雑用を押しつけられ、デスクに座っているだけで、「給料泥棒が何一人前に座ってんだよ！　てめえの給料で損害分払えよ、この野郎！」と怒鳴られた。

朝礼では「いいか、数字を取れない奴は、ゴミだ！　会社に損害を与えるヤツなんて、生きてる価値もねえ！　まさかそんなゴミ以下の奴、この部署にはいないと思うけどなあ」と俺を見ながら高笑いする。

同僚も、関わりたくないとばかりに、俺に話しかけなくなった。

その場にいるのに、まるで存在していないかのように。

もう限界だった。

俺は駄目な人間だ。

生きている価値のない人間だ。

なぜ、こんなヤツが社会に出ようと思ったのだろう。

営業なんて仕事をやっていけると勘違いしたのだろう。

俺は学生時代の自信に満ち溢れていた、自分の愚かさを呪った。

十月二十二日（土）

土曜日の朝は、一番幸せ。

なんて、歌っていた頃が懐かしい。

今は、幸せなんて感じられる瞬間は、一秒たりともなくなった。

今日が何曜日であろうかなんて、もう関係ない。

昼休みには、ラーメン屋には行かず、会社の屋上へ上がる。

高いフェンスに囲まれた屋上は、空に近い場所だ。

俺は、休憩が終わりに近づく度に、フェンスの外へと繋がる扉へと向かう。

そこには南京錠がかけられているが、それが外れていないかを確認するためだ。

それが外れていた時が、きっと〝その時〟だ。

俺は〝その時〟を楽しみにしている。

今日か、明日か、早く〝その時〟が来ればいいと。

早く、楽になりたいと。

しかし、いつも南京錠はしっかりとかけられたままだ。

俺は落胆して、オフィスへと戻る。

そしてまた、地獄が始まる。

明日は日曜日だ。
ひとつだけ確かなことがある。
明日の午後六時以降は、決してテレビをつけないだろう。

午後六時三十分、俺は自宅へ戻るため駅へ向かっていた。

改札を通ろうと定期を出した時、突然後ろから肩を摑まれた。

「ちょっと、あんまりちゃうか、隆」

振り返ると、本名を知ったあの日以来、一度も連絡していなかった男がそこにいた。

「ヤマモト……」

「自分何なん？　本名知ったとたん、メールも電話も無視とかさ。冷たいにもほどがあるんちゃうん」

ヤマモトは大げさに眉を寄せると、俺の肩を抱いてくるりと方向転換し、改札とは逆方向へ歩きだした。

「ミステリアスな男にしか、興味がないの？」

肩を抱いたまま、今度はなぜか、シナをつくって話しかけてくる。

「ほーんま、酷い男やわあ」

スナックのママのような口調だ。

俺はというと、その間一言もしゃべらず、ヤマモトにされるがままだった。

でも今は、ヤマモトと楽しく酒を飲める精神状態ではない。

「ごめん、ちょっと今日は」

俺は、肩にかかったままのヤマモトの手を払いのけ、もう一度、駅へと向かって歩きだした。

「明日も、仕事とか？」

ヤマモトが、俺の隣をピッタリついて歩きながら訊く。

「いいや」

俺はヤマモトの方を見ずに答えた。

ヤマモトは、なおも食い下がる。

「朝からデート？」

「違う」

「じゃあ、お母さんが急病とか？」

俺は立ち止まって、大きく溜め息をついた。

「飲みたい気分じゃない時だって、あるだろ」

すると、ヤマモトはニカッと笑い、再び俺の肩に腕をまわした。

「なあんや。それやったら早よ言えよ」

ヤマモトは顔を二十センチくらい近づけてそう言うと、そのまま凄い力で俺の身体をグリンと反転させ、呆気に取られる俺を余所に、無理矢理歩きだした。

こんな状況、前にもあったなあ――

薄暗い店内の小洒落たカフェバーで、一人掛けソファのような椅子に座り、俺は思った。

いつもの〝大漁〟より大分、椅子の座り心地がグレードアップしている。

目の前にはもちろん、気持ちよさそうにソファに身体を沈める、ヤマモトがいた。

「この店やったら、飲まんでもゆっくりできるやろ」

ご機嫌で話すヤマモトに、俺は、そういう意味じゃなかったのに……と心の中で呟いた。

「とりあえず、生？ あっ、ちゃうわ！ コーヒーにしとく？ ジュースもあるで！ えー何これー……マンゴースプリット……炭酸かな？」

メニューを見ながら、質問か独り言かよくわからないことをブツブツ言っている。

まったく、マイペースなヤツだ。

「……コーヒーでいい」

「コーヒーいっぱいある！ ほら、カフェラテとか、カフェオレとか……カフェラテとカフェオレってどうちゃうの？ 知ってる？」

「……しらね」

俺はヤマモトのあまりのマイペースさに、少々呆れ気味だ。

「飯も食うやろ？　腹が減っては戦はできぬってな！　うわっ、パスタ旨そう。あーピザも……迷うなあ」

なんでこの男は、いつもこんなにテンションが高いのだろう。

そういえば、フリーターって言ってたけど、人生、悩むこととかないのか？

俺は純粋に不思議に思ってきた。

「なあなあ、何にする？」

ヤマモトは相変わらずメニューに夢中だ。

「なんでもいいよ。適当に頼んでくれ」

「マジで？　じゃあ、ピザとパスタ頼んで分けようや！　あっ、ポテトも食べていい？」

女子か。

何が悲しくて、小洒落たカフェバーで男二人、パスタを分け合わなければならないんだ。

人間、呆れるのを通り越すと、可笑しくなってくる。

俺が独りでフッフッと笑うと、ヤマモトがギョッとした表情でこちらを見た。

「なになに？　どうしたん？」

ヤマモトが恐る恐る尋ねてきた。

もしかして引いてる？

俺、そんなに気持ち悪い顔してたのか。

「なんでもない。早く頼めよ」

「う、うん。ピザ、何でもいい？」

俺の表情に恐れをなしたヤマモトを尻目に、俺は「これ」と、マルゲリータを指さした。

しばらくして運ばれてきた、皿から溢れんばかりのフライドポテトを見て、ヤマモトはとても嬉しそうに歓声を上げた。

二色のソースが添えられたフライドポテトを摘まみながら、ヤマモトは手と口を交互に動かしてしゃべり続けた。

普段から俺たちの会話は、六割七割ヤマモトが話すが、今日に限っては、九割五分ヤマモトだった。

　山盛りあったポテトを半分ほど食べた頃、ヤマモトは「やっぱビール飲もうかなあ」と言いだした。ポテトにピザじゃあビールは飲みたくなるよな、と思った俺は、「俺は気にしなくていいから、好きに頼めよ」とヤマモトに勧めた。

　ヤマモトは、俺が飲まないことを残念そうにしていたが、結局生ビールを頼んで、とても旨そうに飲んだ。


「なんで、今日は飲まへんの？」

湯気の立ち上る、ワタリガニのトマトクリームパスタを器用に二等分に分けながら、ヤマモトが訊いた。

「うん……今は飲んじゃダメな気がするんだよな」

「酒断ちか？　願掛けでもしてんの？」

「願掛けかあ……しといたらよかったかな」

ヤマモトは少し怪訝（けげん）な表情で、きれいに取り分けたパスタを一皿、こちらへ寄越した。

　俺はしばらく、無言でパスタを口に運んだ。

正直なところ、酒を飲むのが怖かった。掛け時計を壊すどころではない、何かとんでもないことを仕出かしてしまうのではないかと思ったからだ。自分だけの問題ならいいが、赤の他人に迷惑をかけるようなことは避けたかった。

「なあ」

しばらく黙って食事に集中していたヤマモトが、急に口を開いた。

「隆、会社変えたら？」

〝携帯変えたら？〟くらいの軽いノリに、俺は面食らった。

ヤマモトには、仕事で起こったことはまだ何も話していない。話してしまうと何かが切れてしまいそうで、話せなかったし、話すつもりもなかった。

「なんで急に、そんなこと言うんだよ」

俺は、心の内を悟られないよう、平静を装って訊いた。

「いやーなんとなく。仕事楽しくないんかなあと思って」

俺は閉口した。その通りだ。楽しくないなんてどころじゃない。

しばらく口を閉ざした後、俺は意を決して話しだした。

「ヤマモト、お前さ、サザエさんシンドロームって知ってる？」

「なにそれ？」

ヤマモトはパスタを口いっぱいに頬張りながら言った。

俺は、学生時代に朱美から聞いた橘先輩のことを淡々と話した。

「俺は何もわかってなかったんだよね。社会の厳しさも、苦しさも。でも、今なら橘先輩の気持ちが痛いほどわかるよ。その後、先輩がどうなったのかは、わからないけどさ」

ヤマモトは静かに俺の話を聞いた後、めずらしく真面目な表情で言った。

「隆、何があってん」

俺は質問に答える前に、店員を呼び、生ビールを二杯注文した。ヤマモトのグラスは空になっていた。

ビールが二杯運ばれてくると、ヤマモトと俺はどちらからともなく、グラスを軽く合わせ、そのままゴクゴクとビールを流し込んだ。

グラスを半分以上あけ、プハーッと息を吐くと、俺は一旦グラスを置いた。

そして、少しだけ姿勢を正し、ヤマモトと会っていなかった間の出来事を、話し始めた。

俺が話をしている間、ヤマモトは一切口を挟まず、真剣な表情のまま黙って聞いてくれた。

話が終わると、ヤマモトは悲しそうに目尻を下げ、俺に訊いた。

「隆、ちゃんと眠れてるか」

「うん……まあ。たまに眠りにくい時もあるけど。わりと寝てるよ」

「メシは？　昼とかちゃんと食ってるか？」

「うん。メシは屋上で……」

言いかけて、慌てて口を閉じた。

「屋上で？」

ヤマモトは怪訝な表情で尋ねた。

「いいや、何でもない。大丈夫、ちゃんと食べてる」

さすがに毎日屋上に行っていることは言えなかった。

屋上で、フェンスの扉を守っている南京錠を確認していることに、心の奥のほうで後ろめたさを感じたのかもしれない。

ヤマモトはそれ以上しつこく訊かなかった。

変わりに「もう一杯飲む？」と言うと、ビールのおかわりを注文した。

そして、それが来るのを待ってから、ゆっくりと話しだした。

「なんでそこまで言われても、仕事辞めへんの？」

「でも、言われるくらい迷惑かけたのは事実だし……そんな簡単には辞めれないよ」

「いや、おかしいで？　新入社員がミスしてそこまで詰め寄るって、普通とちゃうよ」

「普通の新入社員なら、もっとできるよ。俺が極端に仕事できないから駄目なんだよ」

「そもそも、それってホンマに隆のミスなん？」

「実際そうだからな」

「だって、前の日に確認したんやろ？　その時はちゃんと受注通り伝票作ってたんやろ？」

「確認したと思ったんだけど……結局、間違ってたから」

「発注する直前にも確認した？」

「してたらこんなことにならなかったよ。結局、詰めが甘いんだよ、俺は」

「いやいや、おかしいやん。前日にパソコン確認した時はあってて、実際発注かけたら違ってるって」

「だって……実際そうなんだって」

「それってホンマに、絶対に、隆のミスなんか？」

「どういう意味？」

「隆以外のヤツは、その内容変えられへんの？」

「変えられないことはないけど……だって、誰がそんなことするんだよ」

「誰か、それで得した人、おらんの？」

「それは……」

言いながら考えた。特に誰も思い浮かばない。

「別にいないと思う」

「そうか……」

ヤマモトは、ミスは俺のせいじゃないと、なんとか励まそうとしてくれているようだった。

でも、自分の責任であることは自分が一番よくわかっている。

「もう大丈夫だから。心配かけてごめんな。聞いてくれてありがとう」

ヤマモトは眉間にしわを寄せて、何やら考えていたが、励ますのは無理と思ったのか、俺にもう一度「転職しては」とアドバイスしてきた。

しかし、俺の問題はそこではない。

たとえ転職したところで、俺は社会で活躍できるような人間じゃないし、そもそもこんな使えない男を雇ってくれる新しい会社なんて見つかるわけがない。

社会のゴミでしかない俺を置いてくれるこの場所に、俺はい続けるしかない。

いつか、あの南京錠が、開くことを夢見て。

久しぶりにビールを飲んでも、思っていたほど悪いことは起こらなかった。

しかし、もちろんよい変化も一向に現れず、俺は相変わらず、地獄のような日々を送っていた。

ひとつだけ変わったことと言えば、ヤマモトがまるでストーカーのように、仕事終わりの俺を待ち伏せするようになったことだ。

以前は週に一回、多くても二回会っていたくらいだが、最近では二、三日に一度はヤマモトが現れるようになった。

後ろから肩を叩かれ、そのままカフェやら居酒屋やら焼き鳥屋やら、趣向を変えて色々な店に連れて行かれる。よくぞここまで色々な店を知っているものだと感心する。グルメライターでも始めたのかと疑うほどだった。

そして、そこで必ず行われるのがヤマモト流『転職のすすめ』だ。

今回で四回目になる、ヤマモトの『転職のすすめ』講座は、回を重ねるごとに熱を帯びてきた。

今日のテーマは、俺の好きなサッカーらしい。

「俺は何も、働くなって言ってるわけじゃないねんで。サッカーのリーグで考えてみいや。選手はよりよいチームを求めて移籍するやろ？　ステップアップや。時には順位が下のチームに行くこともあるかもしれへん。けど、順位は毎回変動するねん。そこで活躍して、チームごと上に引っ張っていく選手だっておる」

正直、俺はいつも話半分で聞いていた。

なぜなら、今の俺には転職する気力も、勇気も、何より自分に対する自信が、微塵も残っていないからだ。

ヤマモトは、なおも熱く語る。

「同じくらいの順位のチームでも、全く点を取られへんかった選手が、チームを移った途端、大活躍する場合だってあるやろ。それはそのチームが選手に合ってるからや。言いかえれば、前のチームがその選手には合わんかったんや。人と同じで、職場にも相性ってもんがある。動くことには確かにリスクもあるけど、現状を変えるのが難しいなら、動いてみるのも有効な手段やねんで」

それにしても、ヤマモトがなぜこんなにも転職を勧めてくるのか、謎だった。

乱暴な言い方をすれば、いくら友人と言えど、ここまで人の人生に足を突っ込んでくる理由がわからない。

その上、今日のヤマモトは、いつにも増して気合が入っていた。

力説するヤマモトに、普段は聞き流している俺も、少し反論することにした。

「お前なあ、今の日本では、そんなにすぐに仕事辞めるなんて、無理なんだよ」

「なんで？　辞表出したらそれで終(しま)いや」

「簡単に言うなよ」

「簡単なことやろ」

俺はその〝簡単〟という言葉にカチンときて、つい語気を強めた。

「あのなあ！　ニートのお前にはわかんねーかもしれないけどなあ、このご時世、正社員で就職するって大変なことなんだぞ！」

「そもそもなんで正社員にこだわるわけ？　正社員じゃなくなったらどうなるの？」

俺は少し、言葉に詰まりながら言った。

「そりゃ……保障とか保険とか……色々あるだろ」

「〝このご時世〟その会社が、生涯安泰な保証もないのに？」

　ヤマモトはわざと、俺が使ったのと同じ言葉を使って言った。

「そんなこと言いだしたってしょうがないだろ。男なんだから、将来結婚とか、家族養うとか考えたら、絶対正社員の方がいいし」

「彼女もおらんのに？　てか、そんなに働いてて出会いなんてあんの？　ちゃんとデートする時間あんの？　結婚まで持っていけんの？」

「それは！　付き合えばなんとかなるよ……」

　痛いところを突かれて、最後のほうは小声になってしまった。

　自慢じゃないが、今までの人生、女にモテた試しはない。でも、だからこそ、肩書だって大切な武器になるんじゃないか。まあ、今の肩書が武器になるとは思えないが、無職になるよりはマシじゃないか。

　それらのことを主張したかったが、自分でもあまり格好よくない理由だと思ったので、声に出すのはやめた。

「……とにかく、仕事辞めるってのはそんなに簡単なことじゃないんだ」

「じゃあ、何よりは簡単なわけ？」

「どういう意味？」

「隆にとって、仕事辞めることと比べたら、何のほうが簡単なん？」

「何のほうって……」

俺はヤマモトの言っている意味が理解できず、戸惑った。

ヤマモトは今まで見せたことのないような、厳しい表情をしていた。

そして、まっすぐな眼差し(まなざし)で俺を見据えたまま、はっきりと言った。

「隆にとって、会社辞めることと、死ぬことは、どっちのほうが簡単なわけ?」

心臓がドキリと高鳴った。

「いやいや、飛躍しすぎだろ。誰も死ぬなんて言ってないじゃん」

ヘタクソな作り笑いを見せる俺とは対照的に、ヤマモトの表情は真剣そのものだった。

「死のうとしてたやん」

「は?してないよ」

「してたよ。初めて会った日」

心臓の鼓動は、だんだん早くなっていた。

ヤマモトは淡々とした口調で続けた。

「駅で、ホームから落ちようとしてたやん」

俺は、ヤマモトに出会った時のことを、脳裏に思い浮かべた。

「あれは！　たまたまバランスが崩れただけで……。そうだよ、お前が急に現れるから、びっくりしたんだろ」

「違う。その前からずっとや」

俺は小さく息を呑んだ。

「その前からずっと、フラフラしてた。俺が摑まんかったら、そのまま落ちてた」

「……お前の勘違いだよ」

ヤマモトは黙って、俺を見つめていた。

「本当だって。俺はそんなつもりなかったよ」

ヤマモトの目はもの凄く悲しそうで、その透明な目に何もかも見透かされそうで、俺はいた堪れない気持ちになった。

ヤマモトは俺を見据えたまま、ゆっくり、しかし力強い口調で言った。

「お前にそんなつもりがなくてもな、ホームの端で目え瞑ってフラフラしてたら、線路に落ちるねんぞ」

やわらかいオレンジの灯りのせいかもしれないが、俺にはヤマモトの目が潤んでいるように見えた。

俺はそれ以上、否定をしなかった。いや、できなかったのか。

否定するかわりに、俺はヤマモトに尋ねた。

「なあ、ホームで俺を、その、助けたのは偶然だったの？」

ヤマモトは少し口元を柔らかくして言った。

「改札で見かけて、後をつけた」

「どうして？」

ヤマモトは、悲しい瞳のまま、少し微笑んだ。

「心配やったから。……死んでしまいそうで」

「どうして、そう思ったの？」

ヤマモトは少し目を伏せ、小さく息を吸うと、ふうっと吐きだした。

そして再び視線を上げると、俺を優しく見つめて言った。

「知ってたから。あの日のお前と、同じ表情してたヤツ」

それで、そいつはどうなったの――

俺は訊けなかった。

俺たちの周りには、ただ静かな時間だけが流れた。

十一月六日（日）

気がつけば、昼間であってもすっかり風が冷たくなっていた。あっという間に冬がやってくるんだろう。そして、すぐに次の年になる。

何事もなかったかのように、また一年が過ぎていく。

俺は、少しずつ以前と変わらぬ生活を取り戻したような気になっていた。

あいかわらず仕事は辛いが、もう自分ではどうすることもできないとわかっている。

屋上に行ったところで、あの南京錠が開いているわけがないこともわかっている。

どうしてこんなことになったのだろう。

ただほんの少し、自分にも〝何か〟ができるんじゃないかと夢を見てしまった。

その夢が終わり、何も変わらない毎日に戻っただけだ。

これからもひたすら古びたビデオテープを巻き戻していく。

なあに、あと何十年かの辛抱だ。


少しずつ外回りにも行くようになった。

立ち寄ったコンビニに、小谷製菓のチョコレートが並んでいた。

それを見ても、もう何も思うことはなかった。

大丈夫だ。このままやっていける。

五十嵐先輩はあれからも俺を心配し、フォローもしてくれる。

大丈夫だ。以前と何も変わっていない。

今日は日曜日だ。

大丈夫だ。きっと、少し幸せな日のはずだ。


俺は、携帯を手にした。

少し躊躇した後、ヤマモトにメールを送信した。

『今日、買い物行かない？　冬物のシャツとか欲しいんだけど、どれがいいか見てくれよ』

送信したメールを見返して、まるで彼女に送る内容のようだったなと苦笑いした。

いつも通り、返信はすぐに来た。

しかし、その内容はいつもとは違っていた。

『ごめん！　今日はちょっと用事あんねん。ほんまごめんなあ。また今度！』

俺は、その内容に驚いている自分に驚いた。

ヤマモトにだってプライベートはあるのに、来てくれるのが当たり前のように思っていた。図々しいにもほどがある。

あまりにもフットワークが軽いから当然独り身だと思っていたけど、もしかしたら彼女だっているのかもしれないし、生きるためにアルバイトだってしているだろう。

今更だが、俺はあまりにもヤマモトのことを知らない。


街に出た俺は、早々と必要な買い物を終えた。

以前ヤマモトに教えてもらった店で、冬まで着られそうな厚手のシャツを一枚買っただけだ。

あとは特にすることもなかったので、気分転換に少し街をうろつこうとウインドウショッピングを始めた。

ショーウインドウの中では、もうすでに冬支度が始まっている。

もう少ししたら、気の早い街はカラフルな赤や緑のクリスマスカラーで染まるのだろう。

また虚しい季節がやってくるな……。

それまでに彼女の一人でもできたらいいけど、まあ無理だろうな。もしかして、クリスマスもヤマモトと過ごすことになるんだろうか。

そういえば、前回ヤマモトに会って以来、ヤマモトが帰りに待ち伏せしていることはなくなった。どうやら、ストーカー期間は終了したらしい。

それは、もう俺がある程度大丈夫だと思ったということだろうか。

それとも…………


ヤマモトが見せた悲しい瞳を思いだした。

俺は、ヤマモトのことを傷つけてしまったのだろうか。

俺と同じ表情をしていたヤツ——死にそうな顔をしていたヤツとは、誰のことだったんだろう。

いつか、ヤマモトが俺にそのことを教えてくれる日は来るのだろうか。


街をうろつくのにもすぐに飽きて、俺は駅前まで戻った。

駅前には大きなバスターミナルがあり、たくさんの人が行き交っている。

小さな子供を連れた母親、馬鹿みたいに笑い合っている女子高生、幸せそうなカップル。そこにいる俺以外の全ての人が、人生を楽しんでいるように見えた。

無意識の内に、大きな溜め息をついた。

「帰ろ」

誰に言うでもなく呟くと、俺は歩みを速めた。

と、駅を目指す視線の先に、見慣れた姿を見つけた。

「ヤマモト……？」

彼は、いつも俺に見せているのとは全く違う表情で、何か考えごとでもしているように、眉間にしわを寄せて歩いていた。

ただ自分の足元だけを見つめているヤマモトの瞳の中には、何も映っていないような気がした。

俺は思わず後をつけた。

一定の距離を保って歩く俺に、ヤマモトはまったく気づかない。

俯いて早足で歩くヤマモトは、向かいから来たおしゃべりに夢中な女子高生とぶつかりそうになって、慌てて彼女らを避けた。

はずみで服屋のショーウインドウにぶつかっている。

その瞬間、ヤマモトの表情が一変した。

ぎょっとしたように目を見開き、ショーウインドウの中を凝視すると、硬直したように動きを止めた。

その表情は驚くほど蒼ざめ、怯えているようにも見えた。

すぐに駆け寄って「大丈夫か」と声をかけたかったが、まるで知らない人のようなヤマモトの表情が、俺を躊躇させた。

彼はそのまま一直線にバスターミナルに向かって歩いていくと、そこで立ち止まった。

ちょうどタイミングよく、一本のバスがターミナルに滑り込んでくる。

ヤマモトは、まるでその場から逃げるように、バスに乗り込んでいってしまった。

バスが見えなくなったのを確認してから、俺はそのターミナルに近寄った。

路線図を見ると、住宅街を通り、大学を通り、その先には有名な墓地公園があった。

一体どこへ向かったのだろう。

駅に戻る途中、ヤマモトがぶつかったショーウインドウの中を覗いてみた。

どこにでもある若者向けの服屋で、ごく普通のマネキン人形が数体飾られている。

ひょっとして、このマネキンに驚いたのだろうか。

見た限りでは考えにくいが、他に驚くようなものは何もない。

ヤマモトが時折見せる、哀しみの色。

それは、いつもの笑顔とあまりにも対照的で、俺の脳裏に深く突き刺さる。

一体、どの顔が本当のヤマモトなんだろう。


家路に向かう電車の中で、俺はずっとヤマモトという人物について考えていた。

ヤマモトは、あれだけずっとしゃべり続けているのに、自分のことをほとんど話していない。

俺が知っているヤマモトの情報は、フルネームと生年月日。そして、フリーターだということだけだ。あまりにも少ない。

そもそも、同級生だと偽ってまで俺のことを気にかけてくれた理由も、まだわからないままだ。


家に帰った俺は、ベッドの上でパソコンを開いた。

インターネットの検索画面に『山本純』『ブログ』と打ち込む。以前、何気なくｆａｃｅｂｏｏｋをしているかと尋ねた時は、していないと言っていたが、もしかしたら何かに引っかかるかもしれない。

思った通り、いくつかのブログがヒットした。しかし、そのほとんどは『山本純』という駆けだしの女性タレントに関するものだった。俺は初めて『山本純』というタレントがいることを知った。

検索を続けていると、その中に唯一、そのタレントとは無関係のブログがあった。

それは、ヤマモトと同じ年頃の一般人の女性のページで、名前は『みぃ』とあった。

その『みぃ』のブログの中の、とある記事に『今日は、山本純くんの命日でした』と書かれたものがあった。それが検索に引っかかったようだ。

詳しく内容を読んでみると、彼は三年前、自ら命を絶ったらしいことがわかった。

同姓同名か。まだ若かったろうに。

他人事（ひとごと）のように〝かわいそうにな〟などと思いその日記を読み進めていると、最後に『忘れないよ』というタイトルで、写真のリンクが貼られていた。

俺は何の気もなしに、そのリンクを開いてみた。

そして、叫んだ。

「うわあああ！」

ベッドから転げ落ちるように、パソコンの前から離れた。

その写真に『みぃ』らしき女性と一緒にピースサインで写っていたのは、まぎれもなく、俺の知っている『ヤマモト』の姿だった。


俺は、ビクビクしながらも、パソコンを引き寄せ、しっかりと写真を見た。

間違いない。ヤマモトだ。

どういうことだ。

このブログにはまるで、ヤマモトは三年前に亡くなったかのように書かれている。

「何なんだよ、一体」

頭の中がパニックに陥った。

何の意味があって、こんなブログを書くんだ。

質(たち)の悪いイタズラか？

しかし内容は、亡くなった『山本純』に弔意を表すもので、決して趣味の悪いイタズラには思えなかった。

俺はそのページをお気に入りに保存し、再度『山本純』で検索をかけてみた。今度はキーワードに『自殺』という文字も追加した。

俺の予想をはるかに超えて、多くの記事がヒットした。その中で一番最初に上がった記事を開いてみた。

その内容は、ショッキングなものだった。

『――年八月六日未明、ミヤタフードカンパニー社員の山本純さん（当時二十二歳）が、同社前で死亡しているのが発見された。警察は、十三階建ての同社ビル屋上から飛び降り自殺したものと見ている。当時の山本さんは精神的に不安定で、周囲から鬱病を患っているとの指摘もあった。会社側は自殺と業務の関係性を否定し、責任はないものと主張して――』

俺はその記事を閉じると、違う記事を開いた。

上から順番に、必死で記事を読みあさった。

気がつけば、数時間経過していた。
記事の中には顔写真つきのものまであった。
証明写真のようなそれは、明らかに、『ヤマモト』と同じ顔だった。

俺はパソコンをパタンと閉じると、放心した。
ネットでは死んだことになっているヤマモトが、俺の前に現れている。
あれは、まさか…………
その時、携帯がピリリリリと振動しながら鳴り響いた。
飛び上がって、パンツのポケットから携帯を取りだす。
画面表示を見て、俺は声にならない声を出し、携帯をベッドの上に放り投げた。
「ふわっ……」
手がブルブルと震えた。
ベッドの上で振動を続ける携帯の画面には、『ヤマモト』の文字があった。
思わずキョロキョロと辺りを見回す。
どこかで俺のこと、見てるんじゃないだろうな。
鳴り続ける携帯を、俺は手に取ることができず、ただじっと見つめていた。

冷や汗が、額から流れ落ちた。
しばらくして携帯は鳴りやむと、今度はメールを受信した。
恐る恐る携帯を手に取り、受信ボックスを開く。
「ひっ」
そこにはまたしても『ヤマモト』の文字が。
本文には、
『今日はごめんな。今度、お前の家に行っていい？』
全身の毛穴から冷たい汗が噴きでた。
「ダメーッ！」
俺は甲高い声で叫ぶと、部屋中の鍵を確認し、頭から布団をかぶって丸まった。
丸まったまま、ブルブル震えていた。
――でも待てよ、おかしくないか。
だって、ヤマモトはモリモリごはんを食べていた。

あれは俺にしか見えていない幻影なのか？
いや、違う。アイツは普通に店員とも言葉を交わしている。
レジでお金だって払っている。
ヤマモトが幽霊なら、俺は何度か食い逃げ犯になっていたはずだ。
でも、もしかしたらみんなマインドコントロールされて……
いやいやいやいや——
俺は、布団の中でブンブン首を振った。

でも確かに、思いだすと不思議なこともいくつかある。
やっぱりアイツは初対面から俺の名前を知っていた。
勘違いではない。
だからこそ、同級生だと信じてしまったんだ。
どう考えても俺はヤマモトに名刺を渡すまで、一度も自己紹介はしていない。
でも、アイツは俺のことを『青山』と呼んだ。
確かに呼んだ。どうしてだ。
それに、免許証。

あれは間違いなく本物に見えた。

氏名は『山本純』とあったし、顔写真も本人と同じだった。

もしあれが偽造だとしたら、立派な犯罪じゃないか。

だとしたら、やっぱり………

幽霊？

誰にでも姿が見えて、飯を食う幽霊なんてのも、俺が知らないだけで存在するのか？

自殺しそうな俺のことを心配し、出てきてくれたのか？


「そんなはずないだろう！」

俺は声に出して、自分の考えを打ち消した。

みんな、ヤマモトの存在は見えているのに。

でもネット上では『山本純』は自殺したことになっている。

それも、確かなニュースとして取り上げられている。

「どういうことだよ……」


やっぱり、あいつは幽霊なんだろうか。

だってそうとしか思えないじゃないか。
あいつは、俺が心配だったと言った。
初めて会った日に俺の後をつけたのは、俺が死にそうだと思ったから。
『知ってたから。あの日のお前と、同じ表情してたヤツ』
あれはもしかしたら、ヤマモト自身のことを指していたのだろうか。
そして、俺の自殺を食い止めるために現れた。
ということは、ヤマモトは死んでしまったことを後悔している……？
そんな馬鹿なこと、起こり得るだろうか。
頭の中で、考えが堂々巡りしている。
駄目だ、とても眠れそうにない。
布団から出ると、カーテンの隙間から薄い光が漏れていた。
夜が明け始めた。
また、長い一週間が始まった。

今日の体調は最悪。いや、もういつでも最悪か。

考えないでおこうとしても、どうしてもヤマモトのことが頭をよぎる。

今までにやりとりしたメールを見直してみたり、ネットニュースを読み返してみたり。

でも、何をどう考えても何もわからない。

仕事のことに加えて、ヤマモトの幽霊疑惑。もう頭がパンクしそうだ。

一睡もできなかった俺は、いつもよりかなり早めに家を出て、会社近くのコーヒーショップでモーニングセットを買った。

当たり前だが、オフィスには一番乗りで到着した。

早出残業代などもちろんつかないので、気にせずにタイムカードを差し込んだ後、パソコンの電源を入れる。

何か違うことに没頭すれば、気を紛らわせることができるかもしれない。

俺は営業をかけている企業について調べようと、インターネットを開けた。

しかし、頭をよぎるのはヤマモトのことばかりだ。

気がつけば、無意識のうちにヤマモトの記事を検索していた。

しかし、それでヤマモトの正体がわかるわけがない。

「ダメだ、ダメだ」

俺は頭を左右に振ると、両手でバンと机を押して立ち上がった。

業務開始まではかなり時間がある。とりあえず、買ってきたモーニングを食べて気を紛らわそう。

俺はオフィスのドアを開けると、屋上へと続くエレベーターに向かった。


屋上に上がると、日に日に冷えていく風がよりいっそう冷たく感じた。

まっすぐに、フェンスの一角に備えつけられた扉へと向かう。

南京錠を手に取り、ガチャガチャと揺らすが、扉が開く気配は一向になかった。

俺はフェンスに手をかけると、その〝外側の世界〟を眺めた。

この扉を抜ければ、その向こうに待っているのは自由か。それとも……

「阿呆だな」

独り言にも、もう慣れた。

大きく深呼吸をして備えつけのベンチに腰かけると、尻の下からも冷え冷えとした温度が伝わってきた。

モーニングセットのサンドウィッチに噛りつく。うまいとも、まずいとも思わなかった。ただ、まだ少しだけ温かさの残ったコーヒーだけが、ほんのちょっと心を癒してくれた。

サンドウィッチをゆっくり、それでも十五分ほどで食べ終わると、することもなくなってしまった。ここにいても身体が冷えるだけなので、まだ時間は早かったがオフィスに戻ることにした。


エレベーターでオフィスのある階に戻ると、ほど近い後ろ側のドアから中へ入った。

ドアを開けると、オフィスにはすでに誰か出勤していた。

こちらに背を向けて、何やらパソコンをいじっている。

俺の席の近くだ。

というか、あれは俺の席だ。

オフィスには二つドアがあり、前のドアの近くにタイムカードが設置してあるので、出勤する時は必ず前のドアから入る。

その人物は、後ろから入った俺に気づいていないようだった。

彼は俺の席で腰を曲げた状態で、必死にパソコンを操作していた。

俺はゆっくり自分の席に近づくと、後ろから声をかけた。


「おはようございます……」

ビクッと上半身を起こしたその人は、五十嵐先輩だった。

「青山……！　お前どこから入ってきたんだよ！」

五十嵐先輩は、いつになく強い口調で言った。動揺しているようにも見えた。

「いや、ちょっと屋上に行ってたんで、後ろから……どうかしたんですか？」

俺は起動されたままの、自分の席のパソコンを覗き込むように言った。

もしかして、また何かミスでもしているのかと、不安になった。

「いや、ちょっと小谷製菓のデータで調べたいものがあって……悪いな、勝手に開けて」

そう言いながら、先輩は素早くパソコンの画面を消した。

「いいえ、そんな。それなら僕がやりますよ。すみません、何が要りますか？」

「いや、大丈夫だ。お前はもう関わるなって、部長から言われてるだろ」

「でも、元は僕の担当なので、やっぱりできる限りはお手伝いを……」

五十嵐先輩は、俺の話に被り気味に言った。

「大丈夫だ。ここはもう俺がしっかりやってるから。契約だって、このまま上手くいきそうだし。部長の言う通り、もうお前は関わらなくていいよ」

五十嵐先輩の口調は気のせいか、いつもより冷たいように感じられた。

俺は、今回の件で先輩に迷惑をかけてしまっていることを、心から申し訳ないと思った。

「はい……本当にすみません。途中から先輩に任せちゃって。しかも、もう話合いも最終段階だったから、経緯がわからないとやりにくいですよね」

すると五十嵐先輩は、今度は明らかに苛ついた口調で言った。

「だから、問題ないって！　お前もしつこいな」

俺は驚いた。先輩のこんな口調は初めて聞いた。

こんなに朝早くから来ていて、やはり大変なんだろう。自分ができることは手伝いたいが、それはかえって先輩の迷惑になるかもしれない。

「すみません……」

二人っきりのオフィスに気まずい空気が流れた。

俺は、唯一の味方も失ってしまったのか。

「……お前のパソコンに入っている小谷製菓に関するデータは全て削除するようにと、部長が言ってた。とりあえず、そのデータを全てこのハードディスクに移してくれないか？　後はこっちでやるから」

五十嵐先輩の態度は、やはりいつもと違った。

俺は、泣きたい気分だった。

「はい、わかりました。すぐにお渡しします」

そう言うと、すぐにデータを先輩のハードディスクへ移した。

ただ、先日俺がミスした発注の元データがなくなっていた。しかし、もう必要のないものだったので、特に気にすることはなかった。

それを渡しに行くと、五十嵐先輩は「急がせて悪かったな」と普段通りの優しい口調で言ってくれた。

俺は少し安心して、自分の席へと戻った。

ほどなくして同僚達が出勤しだした。

俺は、自分の仕事に取りかかった。

ふと、視線を感じた。

しかし振り返っても誰とも視線は合わなかった。

気のせいか……。

しかしまた背を向けると、なんとなく見られているような気がする。

午前中はずっと、背中に誰かの視線を感じていた。


昼休みになると同時に、携帯が震えた。メールを受信した知らせが出ている。

受信BOXを確認して、「あっ」と声を漏らした俺を、隣の席の同僚がチラリと見た。

「ああ、いや、なんでも」

俺は口の中でモゴモゴ言いながら、足早にオフィスを後にした。


ひと気のない屋上で、俺は再び冷たいベンチに腰を下ろした。

メールはヤマモトからだった。

『昨日はごめんな。もう買い物行ったかな。まだやったら来週行こう！　てか、今日メシ行かん？　月曜やからしんどいかな』

心臓がドキドキした。

俺は今、幽霊とメールのやりとりをしているのだろうか。

しばし考えた後、返信した。

『ごめん、今日はキツイ』

そっけない内容だったが、今の状態ではこれ以外に返しようがなかった。

すると、なんと、ヤマモトから電話がかかってきた。

俺はブルブル振動する携帯を持ったままベンチから立ち上がり、文字通り右往左往した。

ほどなくして、電話は切れた。

俺は激しくなる動悸を落ち着かせながら、折り返すべきか迷った。

「よし、もう一度かかってきたら取ろう」

そう自分に言い聞かせると、その瞬間また『ヤマモト』の名前と共に、携帯が振動した。

どこからか見ているのか！　俺はまたパニックに陥った。

そうしてアタフタしているうちに、間違って〝通話〟の表示を押してしまった。

携帯から聞きなれた声が響いた。

——あー隆？　……あれ？　もしもーし！
もう話すしかない。
幽霊、いや、ヤマモトと。
——もっ、もしもし……。
——あーごめん、今、大丈夫やった？
ヤマモトの声は、いつもとなんら変わりはなかった。
——あっ、ああ。大丈夫。
——昨日はせっかく誘ってくれたのに、ごめんなあ。
——あーいや、ぜんぜん、大丈夫。こっちこそ急だったし。
——メール返ってこーへんから、もしかして怒ってるんかと思ったわ。
——ああ、いや、ちょっと仕事のことで……忙しくて。
俺の言葉に、ヤマモトの声色は一気に不安を帯びた。
——なんかあったんか？
——あっ、いや、そういう訳じゃないんだけど。
——やっぱり今日、会社の近くでちょっと……。
——大丈夫！

思わず、すごい勢いで拒否してしまった。

しばしの沈黙の後、ヤマモトのいかにも悲しそうな声が聞こえた。

——……やっぱり、怒ってるんか？

——そうじゃなくて……。わかった。今日、会おう。

俺は、覚悟を決めて言った。

ヤマモトは、パッと明るい声になって言った。

——あっそうする？　じゃあ、また会社の前まで迎えに行くわ！

——うん……じゃあ、また、後で……。

——ほな、後でなー。


電話を切って、早くも後悔した。

一体どんな顔をして、ヤマモトと会えばいいんだろう。

まさか俺って……取り憑かれてる？

「まさかな」

俺はハハッと乾いた笑い声を出して、無理矢理不安を打ち消した。

「隆！　お疲れさん」

会社を出るとすぐ、ヤマモトの馬鹿みたいに明るい笑顔があった。

「どこ行く？　この前のカフェバーとかは？　あそこのワタリガニのパスタめっちゃうまかったー。あ、あとポテトも！」

あのパスタを分けあった店か。あそこの店内はかなり薄暗かった。

なるべくなら暗い場所は避けたい。

「あー、今日は〝大漁〟がいいかな。ほら、最近行ってなかったし」

俺は知っている限り、一番明るくて賑やかな店を選んだ。

「おう、ええよ！　隆のお気に入りやもんなあ」

ヤマモトは嬉しそうに笑った。

もうすっかり座り慣れたはずの固い椅子が、今日は一段と居心地が悪く感じられた。

俺はまず、当たり障りのない会話を選んだ。

「大阪の人って、ほんとにみんなタコ焼き器持ってるの？」

「なんや、いきなり」

ヤマモトはちょっと眉を上に動かしてから、ビールを旨そうに飲んだ。

「いや、このまえテレビでやってたから……」

ヤマモトはふふっと笑うと、得意げに俺を見て言った。

「あったりまえやん」

「へー、それは嘘じゃないんだー」

俺は大げさに驚いたフリをした。

「一人暮らししたらまずはタコパやろ」

俺は「へー」と相づちをうちながら、いかにも感心したように頷いた。

「そうや！　今度、隆の家でタコパしようや」

思いがけないヤマモトの提案に、一気に汗が噴きだした。

「えっ！　でも俺の家はタコ焼き器ないから……」

「じゃあ、持っていくわ」

「いやいや！　俺の家、遠いし、狭いし、汚いし……」

「ええよ、そんなん」

「あ、あと壁も薄いから話しにくくて……隣の人が音にすごく敏感なんだよ」

「そうなんか……それはあかんなあ」

「そ、そうなんだ。いや、ほんとうは呼びたいんだけどさあ」

俺は普段の一・五倍くらいの速さでまくしたてていた。

「ほんなら、うちくるか？」

「いやいや！　そんな、悪いよ」

何が悪いのかわからないが、俺はとにかく首を横に振った。

「まあ、俺んちでもいいけど、来たら最後やからなあ」

「えっ！」

思わず、すっとんきょうな声が出てしまった。

「帰られへんようになるで」

ヤマモトがニヤリと笑った。

背中がゾクッとし、冷や汗が流れた。

「俺の魅力に取り憑かれてまうからなあ」

「は、はははは」

「なんやねん、愛想笑いすんなよ」

俺のいかにもヘタクソな愛想笑いに、ヤマモトはちょっとふくれた。

会話のチョイスを間違えた。これではダメだ。

何か違う話題に変えないと。

焦った俺は、つい週末のことを尋ねた。

「そういやヤマモト。日曜、どこに行ってたの？」

「日曜？」

「そう、俺一人で買い物行ってさあ。ほら、前にヤマモトが教えてくれた服屋あるだろ？　その近くでヤマモト見かけたんだよ」

「俺？　気のせいちゃうか？　そんなとこ行ってないで」

ヤマモトはしれっと答えた。

「そこからバスに乗っていったと思ったんだけど……」

「人違いやろ」

ヤマモトの答えはそっけなかった。

あれは、見間違いだったのか？

いいや、あれは確かにヤマモトだった。

俺は、ショーウインドウにぶつかった後にヤマモトが見せた、怯えきったような表情を思いだした。

これ以上、この件には触れない方がいいのかもしれない。

その後、彼が逃げるように乗ったバスの行き先は、確か、住宅地、大学、墓地公園
……………墓地公園？

背中にまた、冷たい汗がつたった。

もしかしたら、あそこが……。

黙りこくっている俺に、ヤマモトが口を開いた。

「なんや、隆。もしかして、俺のまぼろし見るほど会いたかったんか？　モテる男はツライなあ」

ヤマモトは、ニヤリと笑った。

ヤマモトは相変わらず、おしゃべりだった。

いつもと同じように、他愛のない話で笑いながらビールを飲んでいた。

しかし俺は、いかにも話を聞いているように相づちをうつだけで、精いっぱいだった。

いつものように会話が弾まない中、ヤマモトが席を立った。

「ちょっとトイレ行ってくるわ。もう一杯飲むやろ？」

「あ、ああ」

「すんませーん、ここ、ビール二つね」

「はーい！」

ヤマモトに向かって笑顔で返事をした店員を、俺は凝視した。

「ご注文ですか？」

呼ばれていると勘違いした店員が、テーブルまで駆け寄ってきた。

「あっ、じゃあ、その、ホッケください」

「かしこまりましたあ！」

俺はヤマモトの空になったジョッキの中を確認した。

ビールは残っていない。ヤマモトは確かにメシを食い、酒を飲んでいる。

「お下げしますかあ」

そう言うのと同時に、店員は俺が摑んでいたジョッキを横から奪い取って、去っていった。

「おっ、ホッケ頼んだんか。うまいよなあ」

トイレから戻ったヤマモトが、テーブルをみて嬉しそうに笑った。

「そうだな……」

俺は初めて会った日と同じような、引きつった笑顔を返した。

何も考えたくない火曜日は、何も考えないことにした。

あれこれヤマモトのことを思っていても仕方ない。

もし彼が幽霊であって、俺のことを助けるために出てきたのなら、俺が仕事を頑張ってヤマモトを安心させるしか成仏させる方法はない気がする。

とりあえず、仕事をしよう。

今の俺にできることがどれだけあるかわからないが、やれることからやろう。

今まで訪ねた企業は数えきれないほどある。

その中で話を聞いてくれた人も、聞いてくれなかった人もいるが、どんな些細なことでも貴重な情報に違いない。今までの訪問過程を企業別にデータ化しよう。

まずはもちろん、小谷製菓だ。

それをせめて五十嵐先輩に渡したい。必要だったら使ってくれたらいいし、不必要なら無視してくれればいい。

俺はパソコンを立ち上げると、今まで野田さんと話したことをもれなく全て書きだした。

改めて思い返してみると、野田さんや小谷製菓に関する情報はみるみる増えていった。

半年間でこんなにあの企業のことを、野田さんのことを知れたんだなあ。

まったく話を聞いてもらえなくて心が折れた初対面の頃を思いだすと、心がじんわりと温かくなった。

朝からパソコンに向かっていた甲斐もあって、昼前には情報をまとめたものができた。

昼休憩に入る前にそれを渡そうと、五十嵐先輩のデスクへ向かった。

「五十嵐先輩、これ、小谷製菓とやりとりした情報をまとめたものです。よかったら使ってください」

プリントアウトした情報を差しだすと、五十嵐先輩は一瞬、ギョッとしたような表情を浮かべ言った。

「データは昨日、全部俺に渡したんじゃなかったのかよ！」

俺は五十嵐先輩の剣幕に心底驚いて「いや、その……」と言葉を濁してしまった。

普段、見たことのない先輩の姿に、同僚が何事か、と一斉に注目した。

もちろん、部長もその一人だった。

五十嵐先輩はツカツカと俺のデスクに出向き、俺のパソコンを勝手に開き、何やら確認し始めた。

そして「ちょっと来い」と俺の腕を引き、オフィスの外に連れだした。

誰もいない給湯室で、先輩は「データは全てよこせって言ったよな」と低い声で詰め寄った。

俺はすっかり気が動転していた。

「す、すみません」

縮こまる俺に、五十嵐先輩は、さっき俺が渡したばかりの資料で壁をバサバサと叩き「コレは一体なんだよ」と凄んだ。

「あ、あの……これは、僕しか知らない情報を……」

「お前、俺を脅してるつもりか？」

わけがわからなかった。

「お、脅す……？」

「コソコソこんなことしてないで、はっきり言えよ」

俺はもう、何が起こっているのか皆目見当もつかず、ただ混乱していた。

「僕は……その、前に野田さんと話した情報とかもあったほうが、何かの役に立つかと……」

俺の言葉を聞いて、五十嵐先輩もなにか妙だ、という表情をした。

「お前……」

そう言うと俺から離れ、しばらく黙った。そして、そのまま何も言わずオフィスへと戻って行った。

俺は茫然としながらもオフィスに戻ると、五十嵐先輩の様子を盗み見た。

先輩は、俺の渡した資料の内容を確認しているようだった。

そして、俺と目が合うとバツの悪そうな表情を浮かべ、そのまま目を逸らしてしまった。

そうこうしている内に、昼休憩になった。

五十嵐先輩が部長の下へ行き、連れだってオフィスを後にした。その際、部長がこちらをチラリと見たような気がしたが、先ほどの衝撃で頭が一杯で、そんな些細なことを気にする余裕はなかった。

俺はもう、家に帰ってしまいたかった。

体調不良でここで倒れられたら、どんなに楽だろうかと思った。

昼休憩が終わり、重い足取りでオフィスに戻った。

五十嵐先輩と部長は、まだ戻ってきていなかった。

休憩時間をたっぷり三十分以上も経過した頃、二人はやっと戻ってきた。

そして、部長が俺の席へと近づいてきた。

「青山、ちょっと来い」

俺はまるで死刑宣告を受けた気分で、部長の後に続いた。


会議室に入ると、部長は椅子にどっかと腰かけた。

その前に、俺は俯いたまま無言で立っていた。

たっぷり間を取った後、部長はおもむろに口を開いた。

「お前、一体どういうつもりだ?」

俺は、何の話だ、と思いながら黙って聞いた。

「散々、五十嵐にフォローしてもらっといて、文句タラタラだそうじゃねーか」

俺は押し黙ったまま、微動だにせず突っ立っていた。

「俺の担当だの、契約はすでにまとまってただの、手柄取られたみたいな言い方してるらしいな」

昨日の朝のことを思いだした。そんなつもりで言ったんじゃないのに……そんな風に捉えられてしまったのか。自分の愚かさ加減に嫌気がした。

「そんなに手柄が惜しいか。世話になった先輩に後足で砂かけてまで数字が欲しいのか！　このカスが！」

口から唾を吐きながら、喚き散らす部長の言葉はひとつも頭に入ってこなかった。

「お前は一体、何ができるんだよ！　何とか言えや！　口ついてないのか、テメエは！」

俺はとにかく、その誤解だけは解きたいと思っていた。感謝しているということだけは、五十嵐先輩にわかってほしかった。

「僕は……そんなつもりは……先輩には本当に感謝しています」

先輩に謝らなきゃ。罵声を浴びながら、頭の中では、そのことばかり考えていた。

部長の最後の言葉だけが、なぜか脳裏に突き刺さった。

「お前は何の取り柄もないくせに、人を怒らせることだけは天才だな！」

オフィスに戻ると、みんな俺のことを見て見ないフリをした。

俺は、とにかく五十嵐先輩のところへ行くと、勇気を振り絞って声をかけた。

「先輩、すみません。少しだけお話しできませんか」

五十嵐先輩は迷惑そうな顔をしたが、後ろから部長に「お前が優しいからコイツがつけあがるんだ。言いたいこと、言ってこい」と促され、しぶしぶ立ち上がった。

屋上に上がると、五十嵐先輩はぶっきらぼうに「なに」とだけ言った。

俺は、土下座してでも先輩に謝りたいと思っていた。先輩だけには嫌われたくなかった。

「あの……部長から聞きました。昨日のこと、謝りたくって」

「昨日のことって？」

「あの、僕、本当に先輩にはお世話になっているって思ってるんです。あの時、僕がミスした時、フォローもしてくださって、本当に、本当に……」

俺は頭を下げて話した。とにかく誠心誠意、思いを伝えようと思った。

「もういいよ！」

俺の言葉を遮り、五十嵐先輩は苛ついた様子で、声を荒げた。

そして「あー！」と奇声を上げ、髪の毛をグシャグシャと掻き毟った。

「お前、それワザとなの？　俺に恩を売るつもり？」

俺は、今朝からずっと先輩が何に苛ついているのか、まるでわかっていなかった。

何をどう謝ったらいいのかもわからず、ただ力なく「すみません……」と呟くしかなかった。

先輩はさらに、苛立ちを募らせた様子で言った。

「もう、わかってんだろ」

何もわかっていない俺は、もう一度「すみません」と消え入りそうな声で繰り返した。

「お前、マジで何なんだよ。意味わかんねえよ。お前、もう営業辞めたら？　お前には無理だよ。向いてねーわ」

俺はもう、黙って先輩の言葉を聞いていた。

先輩は、苛立ちを隠すことなく、フェンスに両手をかけ、まるで動物園の猿のように、ガシャガシャと音を立てて揺らした。

そして、溜め息をつくと、俺に向かい言った。

「俺がやったんだよ」

頭の悪い俺は、何のことだろう、と思った。

先輩は、さらにもう一度、深く溜め息をつくと、全てを諦めたような表情を見せた。

「小谷製菓の発注を書き換えたのは、俺だよ」

まるで予想していなかったセリフに、俺は言葉も出せなかった。

先輩は続けた。

「いいか、この世界は数字の取り合い、蹴落とし合いなんだよ。入って半年の新人に大型契約なんて取られたらなあ、俺はその倍の数字を期待されるんだ。お前には緊張感が足りないんだよ。誰でもすぐ信用して、綺麗事並べて。それでやっていけるような世界じゃないんだよ」

俺は、もう何も言えなかった。

一番信頼していた人なのに。いつも優しい笑顔で励ましてくれた人なのに。

「昨日、俺がお前のパソコンいじってたの知ってんだろ。最後に俺が発注内容を書き換えた時の日付が残ってたんだよ。それを消したの気づいてただろ？　わざとらしく手伝いますとか言いやがって。さっさと部長に報告すればいいだろうが！　本当にお前は嫌な奴だよ。元はお前の担当だったもんな！　俺が楽して数字取ってるって、嫌味も言いたくなるよな」

「そんな……」

俺はもう、目の前で繰り広げられている光景が信じられなかった。

ただ、ずっと先輩の気持ちに気づけなかった自分が情けなくて、今までの先輩の言葉が嘘だと思うと哀しくて、口を開く気力すら失くなってしまった。

「ついでに言うとな、あの日だってクレームの電話がかかってくるってわかってたから、外に行かずにわざとオフィスで待ってたんだよ。そうすれば、そのまま俺が引き継げるからな。俺が新人の頃は、受注品が届く時間帯は全部チェックして、ちゃんと時間通りに届いてるか、何かミスがないか、全部自分で確認してたよ。お前みたいに呑気にラーメン食いに行ったりしなかったんだよ！」

先輩の声が、どこか遠くで聞こえた。まるで、他人事のように、遠くで響いていた。

「担当者と楽しくおしゃべりして、仲よしこよしで受注取られたんじゃ、こっちがたまんねーよ」

先輩は吐き捨てるように言った。

ふいに、部長に言われた言葉が蘇（よみがえ）った。

「お前は人を怒らせる天才だな」

ああ、そうか。やっぱり悪いのは全部俺じゃないか。
五十嵐先輩をこんな風にしてしまったのは、俺じゃないか。
俺は人を苛つかせることしかできない。
やっぱり俺は、社会に出てはいけない人間だったんだ。

十二月十三日（日）

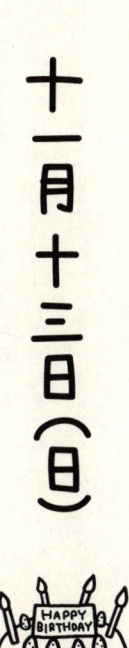

日曜日の朝は、少し幸せ。
俺は今、少しだけそう感じている。
だって明日からはもう、この歌を歌い続けなくていいから。
今日で全てが終わる。
日曜日のまま、永遠に月曜日は来ない。
明日を思って憂鬱にならなくていいんだ。
屋上に吹く風は、昨日よりも冷たく感じた。
やっぱり今日も、南京錠はかかったままだ。
俺は、手にしていたハンマーを、南京錠目がけて振り下ろした。

ガシャン——
目の前で響いた固い金属音は、瞬時に空に吸い込まれるように消えた。
ガシャン——
俺は、やっぱりこの世に存在してはいけない人間だった。

ガシャン――

だって、あんなに優しかった先輩までも、俺は変えてしまったんだから。

俺は、周りの人間を苛つかせることしかできない。

それは誰のせいでもない。全て俺のせいだ。

周りをそんな風に不愉快にさせてしまう、自分の責任だ。

そんな自分が、嫌で、嫌でしょうがない。

ガシャン――

俺は全ての思いをぶつけるように、思い切りハンマーを振り下ろした。

ガキン――

鈍い音と共に、古びた南京錠はその役目を終えた。

フェンスの扉を開けると、そこはまるで別世界のようだった。

目の前を遮るものは何もない。

ただただ、青く澄みきった空が広がっていた。

一歩、一歩、ゆっくり歩を進める。
三十センチほどの段差がある屋上の縁（ふち）に片足をかけ、その上に立ち上がった。
なんていい天気だ。
不思議と怖くはない。
もう少しで楽になれる。そう思うと、昂揚（こうよう）感さえ感じた。
俺は大きく深呼吸すると、両手を開き、空を仰いだ。
冷たい風が吹いた。
このまま、本当に飛んでいけるような気がした。
ゆっくりと目を閉じる。
あの日のホームでそうしたように。
頭をからっぽにして、ただ風に身をまかせた。
「気持ちよさそうやな」
突然、後ろから聞こえた声に、意識が現実へと引き戻された。
振り返らなくても、声の主が誰なのかはわかっていた。

俺の周りで関西弁を話すヤツは、一人しかいない。

なんとなく、来るような気がしていた。

やっぱりコイツは、本物の幽霊なのかもしれない。

俺は、開いた両手をゆっくりと下ろした。

「ごめんな」

俺は背を向けたままで言った。

「なにがや」

その声は、いつもとなんら変わりないように思えた。

「色々、相談に乗ってくれたのに」

しばらく沈黙が続いた。

時が止まったような世界の中で、時折、風の音だけが聞こえた。


「そっち、行っていいか？」

沈黙を破ったのはヤマモトだった。

「いいや。来ないでくれ」

俺は即答した。

「俺も嫌や」

ヤマモトも即答した。

「目の前で落ちられたら、一生トラウマになる」

「じゃあ、そのまま帰ってくれ。何も見なかったことにしてくれ」

「そう言われて、お前やったら素直に帰れるか？」

本当に口の立つヤツだ。

俺は少し考えてから、口を開いた。

「どうせまた、すぐに会えるんだろ？」

たった一つ心残りがあるとすれば、それはヤマモトの口から本当のことを聞けていないことだ。

「……どういう意味や？」

ヤマモトが少し、困惑した声で言った。

俺は息を吸うと、はっきり言い切った。

「山本純は、三年前に死んでいる」

少し、強い風が吹いた。

俺の着ているシャツが、バタバタと風になびいた。

「知ってたんか」

しばしの沈黙の後、ヤマモトは、はっきりとそう言った。

やっぱり、そうだったんだ。

俺はまだどこか、半信半疑でいた。

どうしても、ヤマモトが幽霊だとは信じきれなかった。

聞きたかった答えではあるが、やはり本人の口からはっきり聞くと、さすがに少々ショックだった。

「だから俺も、お前のところに行くよ。あっちでまた飲もうぜ」

天国には行けないかもしれないけどな、と俺は心の中で思った。

飛び降りることに迷いはなかった。

それどころか、後ろでヤマモトが見てくれていることが、少し心強いとさえ感じた。

俺がもう一度腕を広げると、後ろで、フッと笑う吐息が聞こえた。

「お前もしかして、俺のこと、幽霊やと思ってる？」

ヤマモトの言葉に、俺は動きを止めた。

「マジで、そんなこと思ってんの？」

気づかない内に、その声は俺のすぐ後ろまで来ていた。

「こっち向けよ」

俺はなぜか、飛び降りると決めたときよりも、ドキドキしていた。

「こっち、向いてよ」

ヤマモトはさっきより、優しい声で言った。

俺は、ゆっくり身体を捻るように、振り返った。

ヤマモトは、優しい表情をしていた。しかし、その目の中に映る隠しきれない哀しみは、いつか見たそれと同じ色をしていた。

ヤマモトはそっと手を差しだした。

「冷たいかどうか、触ってみ」

俺は躊躇しながらも、そうっとヤマモトの手のひらに、自分の手を重ねた。

指先に触れた手のひらは、確かに柔らかく、そして、温かかった。

ヤマモトは、重ねた俺の手をゆっくり包むと、その手にぎゅっと力を込めた。

そして、「あったかいやろ」と言って、笑った。

ヤマモトの下がった目尻から、ひと筋の涙がこぼれた。

俺の頬にも、冷たいしずくが流れ落ちた。

ヤマモトは、そのままゆっくりと俺の手を引いた。


屋上の縁から降りた俺は、フェンスにもたれるように腰を下ろした。

ヤマモトも、並んで腰を下ろした。

「ええ天気やな」

ヤマモトがぽつりと言った。

「うん。本当に」

フェンス越しでない空はやはりキレイで、しばらくの間、二人でぼーっと空を見上げていた。


突如、ヤマモトが俺に質問をし始めた。

「あのさ、隆。人生は誰のためにあると思う？」

「え？」

「お前の人生は何のためにあると思う？」

俺はかなり考えて答えた。

「……社会のため？」

「ぜんっぜん、違う」

「じゃあ、自分のため……」

「それも半分あるな」

「半分？」

「そう。お前の人生は、半分はお前のためと、あとの半分は、誰のためにある？」

「……将来の子供とか？」

「今現在の話や」

考える俺に、ヤマモトはゆっくりと言った。

「あとの半分は、お前を大切に思ってくれてる人のためにある」

俺はヤマモトの言葉に、馬鹿丸出しの答えを返した。

「でも俺、彼女とかいないし」

「知ってるわ。もっと他におるやろ」

「えー」

「よう考えてみろ」

「……お前？」

「気持ちわるっ」

「じゃあ、誰だよ。悪かったな、ろくに友達いなくて」

不貞腐れる俺に、ヤマモトは呆れた、といった表情を浮かべた。

「ほんまにわからんの？」

「うん……」

ヤマモトは小さな溜め息をつくと、真剣な表情になって、俺の目を覗き込んだ。

「お前、おぎゃーって産まれたときから今日まで、自分ひとりで大きくなったとでも思ってんの？」

言葉が出なかった。

「なあ、隆。お前は今、自分の気持ちばっかり考えてるけどさ。一回でも、残された者の気持ち考えたことあるか？　なんで助けてあげられなかったって、一生後悔しながら生きていく人間の気持ち、考えたことあるか？」

両親の顔が、脳裏に浮かんだ。

俺の両親は、俺が高校生の時に山梨に引っ越した。

親父の勤める会社が倒産したのと同時に、田舎のばあちゃんが倒れたのだ。

元々山梨で育った両親は、実家に戻った。俺も、高校だけは山梨で通っていた。

俺は東京から離れるのが嫌で、両親とさんざんケンカをした。

どうして倒産するような会社に勤めていたんだ。

どうして親父は、東京で再就職先を見つけられないんだ。

そんなことばかり思い、苛々して悪態もついた。

高校に通いながらも、俺はこんなところにいたくないのに、ずっとそう思っていた。

そんなヤツに友達ができるわけがない。

早く戻りたくて、とにかく関東の大学を受験し、飛びだすように山梨を出た。

そういえば、親父はちゃんと退職金をもらえたのだろうか。

決してお金に余裕のある状態ではなかったはずなのに、親父もおふくろも愚痴ひとつ吐いたところを見たことがなかった。

何も言わずに大学まで行かせてくれて、仕送りだってしてくれた。

それを俺は、当たり前のように受け取っていた。

今でも忘れられないことがある。

山梨に引っ越す当日、無口で頑固だった親父が、俺に言った言葉。

せっかくできた友達と引き離してすまない、と。


ああ、俺は本当に大馬鹿だ。いつでも自分のことばっかり。

俺が死んでも、心から悲しむ人間なんていないと思っていた。

友達だって、その時は泣いてもすぐに忘れてしまうだろうと。

両親のことなんて、思いだす余裕もなかった。

一番、大切な人なのに。

鼻の奥がツーンとなり、俺は寒いフリをして鼻をすすった。

「ちょっと、冷えてきたな」

そんな俺を見て、ヤマモトはとても優しく微笑んだ。

「そうやな。そろそろ帰るか」


扉をくぐり、フェンスの中の世界へと戻ると、ヤマモトは「うーん」と伸びをした。

「あー安心したら腹減ってきたわ」

俺はフフッと笑った。

ヤマモトが笑顔で俺に尋ねる。

「昼飯、どっか食いに行く？　もう昼だいぶ過ぎたけど」

俺は立ち止まって言った。

「そうだな。あっ、その前にひとつ訊きたいことがある」

「なに？」

ヤマモトも立ち止まった。

「どうして俺がここにいるってわかったの？」

「だって隆、メールの返信くれへんかったから」

「メールくれてたんだ……ごめん、見てなかった」

「久しぶりに映画でも見にいかへんかと思ってメールしてんで？　でも返事こーへんから、家まで行ってみたらおらんし」

「そっか……」

「休みに家におらんってことは、職場かなって……」

「なるほどな……っておい」

「ん？」

「ん？　じゃねえよ」

「なんや」

「だから、なんやじゃなくて……」

俺は胸いっぱいに空気を吸い込んだ。そして一気に吐きだした。

「なんでお前、俺の家知ってんだよ！」

「え？　前に教えてもらわんかった？」

「教えてねえよ！」

「はっはっはー」

はっはっはーじゃないだろ、マジで。

俺はがっくりとうなだれた。

「ヤマモト。お前は一体、何者なの？」

意を決して尋ねる俺を見て、ヤマモトはニヤッと笑った。

「幽霊」

「えっ……」

「もし、俺がほんまに幽霊やったら、隆どうする？」

「どうするって……どうしようもないよな。もう友達になっちゃったし」

「ははは。幽霊と友達か。他の奴に自慢してもええよ」

「誰が信じるんだよ」

俺は不貞腐れながらも、そのまま歩きだそうとするヤマモトを慌てて制した。

「で、本当は？　……幽霊なの？」

「内緒！」

「えー！」

「幽霊やって言うて、除霊されたらたまらんからな」

ヤマモトはいたずらっ子のような顔で俺の制する腕をすり抜けると、エレベーターへと駆けていった。

俺は、「ちょ、待てよ」と、某有名俳優が言いそうなセリフを発しながらヤマモトの後を追った。

ヤマモトがくるりと振り返った。

「ひとつだけ言えるのは、久しぶりに会った〝同級生〟に、大事なものがいっぱい詰まったカバンをむやみに預けたらアカンってことやな！」

ヤマモトはまたニヤリと笑うと踵を返し、再び駆けだした。

カバン……？

俺は頭の中で考えを巡らせ、立ち止まった。

一度見えなくなったヤマモトが駆け戻ってきて、俺の背中を両手でグイグイ押した。

俺は首をかしげたまま背中を押され、エレベーターへと向かった。

——プルルル

三回目の呼びだし音の後、久しく聞いていなかった懐かしい声がした。

——はい、青山です。

——あ、俺だけど、母さん？

——あらっ隆！　まあ、久しぶりね。元気にしてるの？

——ああ、元気だよ。そっちはどう？

——みんな元気にしてるわよ。おばあちゃんもお父さんも。ちょっと待ってね！

お父さーん！

母は大声で親父を呼びだした。

俺は焦って言った。

——いや、いいよいいよ。

——おばあちゃんは今、病院に行ってていないのよー。

母はいかにも残念そうに言った。

——だから、いいって。別に用事があるわけじゃ……。

——お父さーん！　ちょっと、隆、隆！

聞いちゃいない。
――……隆か。
一年ぶりに聞く親父の声は、少し、年を取ったような気がした。
――うん。
――元気でやっているのか。
――うん。
――仕事はどうだ。
――うん……まあ……。
――そうか……。
親父は少し沈黙した後、こう続けた。
――お前はまだ若いんだ。今のうちにいくらでも失敗したらいい。
――えっ……。
――お母さんが待ってるから、変わるぞ。
――う、うん。
突然の親父の言葉に、俺は少し面食らった。
そして、また母の嬉しそうな声が聞こえた。

――隆？　元気？
――だから、元気だって。
――あなた、全然帰ってこないから。心配してたのよ。
――ああ……ごめん。
――仕事で何かあったの？
母は心配そうに訊いた。
――いや……別に何も。
――そう？　次はいつ帰ってくるの？
母の声はまた元気になって言った。
――ああ、じゃあ近々、一回帰るよ。
――そのままこっちに住んでもいいのよ。
――何言ってるんだよ。住まないよ。
――隆は東京が好きだもんね。
――うん……。
――でも、ここにはお父さんもお母さんもいるから。

小さい子に話すような、優しい母の声は、遠い記憶の中のものと変わっていなかった。

——うん……わかってる。

——東京が嫌になったら、帰ってきたらいいんだからね。

俺は、思い切って切りだしてみた。

——あのさ……。

——なあに？

——もし……もしもだけど、俺が会社辞めたいって言ったらどうする？

——あーら、別にいいんじゃない？

母の答えには、戸惑いも迷いも感じられなかった。

——ちょっと、そんな簡単に言うなよ。

——だって、別にいいじゃない。会社は世界にたったひとつじゃないんだから。

あまりにあっけらかんとした母の言葉に、俺は拍子抜けした。

——いや、止めるでしょ。普通。

——だって、隆の人生だもの。あなたの思うようにしたらいいじゃない。

——そりゃそうだけど……。

――仕事は他にも見つかるわよ。まだ若いんだから。
――そんな簡単に見つからないよ。
――どうしてもダメなら、こっちに来たらいいでしょ？
――戻ったら負担かかるだろ。お金とか。
――なーに言ってんのよ。いまさらあなた一人、どうってことないわ。
母は大きな声でハハハと笑い飛ばし、話を続けた。
――隆、お母さんね、来月誕生日でしょ？
――また、いきなりだな。なに、何か欲しいものでもあるの？
母が誕生日プレゼントの催促をするなんて、初めてのことだなあと、少し驚いた。
――お母さんね、おいしいケーキが食べたいのよ。
――ケーキ？　ケーキくらいそっちにもあるでしょ？
――東京のおいしーいケーキがいいの！
――どんなケーキだよ？
俺は少し呆れて言った。
――何でもいいから。次帰ってくる時に、買ってきてよ。
――プレゼントは？

――だから、ケーキよ。

――それだけでいいの？

――充分よ。そのかわり、おいしーいのね。

俺は、母がいつからそんな〝ケーキ好き〟になったんだろう、と思いながらも言った。

――わかったよ。でっかいの買っていくよ。

――小さいのでいいわよ。お父さん、甘いもの食べないし。隆もあんまりでしょ？

――俺も食べるから、でっかいのにするよ。

――残したらもったいないじゃない。あっ、ちょっと待って！　お父さんも食べるって！　まあ、めずらしい。

親父もそばで会話を聞いていたらしい。

――わかった。じゃあ、来月な。

――あっ、隆？

――なに？

――大丈夫よ。人生なんてね、生きてさえいれば、案外なんとでもなるもんよ。

母は明るい声のまま、俺を励ますように言った。

生きてさえいれば、というセリフに、心臓の奥がズキンと痛んだ。

それと同時に、自分がしようとしたことに対する罪悪感のようなものが、心に渦巻いた。

——うん……わかった。

——身体だけは、無理しちゃ駄目よ。

——うん。

——ちゃんとごはん食べてね。

——わかったってば。

——本当に来月、帰ってくるのよね？

そう念を押した母の言葉からは、俺を案ずる気持ちがひしひしと伝わってきた。

俺はやっと、母がなぜ急に誕生日の話をしだしたのか、理解した。

ケーキが食べたい、と言った母の気持ちを思うと、胸に熱いものが込み上げてきた。

——大丈夫だって。……ケーキだろ？

——そうそう！　ケーキ、楽しみにしてるからね。

——じゃあな。

電話を切ろうとした俺に、母が少し早口で、でもはっきりと言った。

――何かあったらいつでも電話しなさい。お父さんもお母さんも、いつでもここにいるんだから。

俺は、短く「じゃあね」と言うと電話を切った。

そして、携帯を握り締めたまま、その場に崩れ落ちた。

いくら田舎だって、街に出ればおいしいケーキくらい、いくらでも買える。

それでも母は、わざわざ〝自分で持って帰らないといけないもの〟をプレゼントに選んだ。

仕事に悩む息子が、実家に帰る口実をつくれるように。

息子が、生きて帰ってくるように。

生きてさえいれば――母がどんな思いで、その言葉を口にしたのか。

俺は、『自分が死んでも誰も悲しまない』なんて、一瞬でも思ったことを後悔した。

両親が手塩にかけて育ててくれた命を、きっと、血を吐く思いで育ててくれたこの命を、簡単に捨てようとした、自分の愚かさを激しく責めた。

出来の悪い息子でごめん。

馬鹿なこと考える息子でごめん。

俺は、ひとりなんかじゃない。

携帯を胸に抱きしめたまま、声を出して泣いた。

死にたくなる月曜日――は、会社を休んだ。

電話口では何やら部長が喚いていたが、一向に気にならなかった。

朝飯を食べ終わると、早速、図書館へ向かった。

どうしても確かめなきゃいけないことがある。

ヤマモトは一体、何者なのか。

出会ってから数か月間、同級生だと思ったり、幽霊だと思ったり。しかし、本当の答えにはきっとまだ辿り着いていない。

これだけヤマモトと向き合ってきたんだ。

きっと、答えはもうほとんど見えているはずだ。

俺は考えに考え、彼の言葉の端々から、自分なりにひとつの仮定を導きだしてみた。

おそらく、これで正解だろう。

むしろ、そうでなければ説明がつかない。

それを、自分の目で確認したい。


図書館に着くと〝その日〟以降に発売された新聞と週刊誌を、古いものから順番に机の上に積み上げた。

その中から、山本純の自殺に関する記事を片っ端から読みあさる。
一か月分の新聞を隅々までチェックしたが、それはどこにも書かれていなかった。
やっぱりこういうことは週刊誌だろうか。
センセーショナルな見出しの踊る週刊誌を頭から順に見ていく。
そして、七冊目に書かれた記事の一節に、ようやくそのくだりを見つけた。
やはり、俺の予想した通りだった。
ヤマモトが必死で俺を助けようとした理由がわかった。
重ねていたんだ。俺の姿と〝彼〟の姿を。
ヤマモトがどんな気持ちで俺と向き合っていたのかと思うと、胸が締めつけられた。

俺はインターネットコーナーに行き、あのブログを開いた。
ブログの主である、『みぃ』にメッセージを送る。
ありがたいことに、すぐに返信が来た。
何度かのやりとりを終えた後、俺は図書館を後にし、その足で東京駅へ向かった。

新幹線に揺られること二時間半。

俺は生まれて初めて、大阪の地を踏んだ。

そこからまた、ＪＲと地下鉄を乗り継いで一時間弱。

迷うことを覚悟で向かったが、親切で少々おせっかいな大阪の住人にも助けられ、目的の家は思っていたよりも簡単に見つかった。

その家はとても立派で、今時めずらしい日本家屋のような佇まいだった。

突然の訪問で訝しがられるかと思ったが、すんなりと家の中へ上げてもらうことができた。

俺は、『みぃ』が連絡を入れてくれていたことに感謝した。

「すみません、突然訪ねてしまって」

俺が恐縮しながら言うと、出迎えてくれた年配の女性は、優しく首を振った。

「いいえ、とんでもない」

彼女はとても上品で、綺麗な顔立ちをしていたが、頭髪はほぼ、白くなっていた。

「あの……先に手を合わさせていただいても、よろしいですか」

俺が尋ねると、彼女は優しく微笑み、「ありがとうございます」と頭を下げた。

俺が手を合わせ終わると、彼女は切ない表情で言った。

「ふたり合わせて、純粋で優しい人間になるように。そう思ってつけたのよ。でもあの子はその名の通り、純粋すぎたのね」

部屋には上質そうな木製のテーブルがあり、その前には、これまた高級そうな革張りのソファが置かれていた。とてもセンスのいい部屋だと思った。

俺がソファに腰かけると、彼女は「なんのおかまいもなくて」と言いながら、美しい茶飲み茶碗に淹れられた、緑茶を持ってきてくれた。

俺はありがたく、それをいただいた。

彼女は部屋に飾られた写真に目をやり、それから俺に目をやり、「ちょうどあなたと同じくらいの年頃だったのよ」と、寂しそうに微笑んだ。

しばらく世間話をした後、彼女はぽつぽつと〝彼〟のことを語りだした。

「私が一番悔やんでいるのはね、あの子に大切なことを、教えてあげられなかったこと」

彼女は少しの間、目を伏せ、そしてもう一度、写真を眺めた。

「逃げ方を教えてあげていなかったの。私はそれに気づいていなかった。あの子は小さい頃から真面目で、頑張り屋さんで。私も夫も、いつも頑張れ頑張れって励ましながら育ててきた。大丈夫、あなたならできるから頑張って、って」

初めて会ったはずの彼女だが、その瞳はどこか懐かしい感じがした。

彼女は続けた。

「あの子は慣れない環境で、一人で頑張って、頑張って。どうしようもなくなってもまだ頑張って。逃げることも弱音を吐くこともできずに、とうとう壊れてしまったの。どうして気づいてあげられなかったのかしら。もしかしたら、そばにいたら何とかできたんじゃないかって、今でも思うの」

彼女の瞳を懐かしいと思った理由がわかった。

俺は、この深い哀しみに彩られた彼女の瞳と、同じ色の瞳を知っていた。

「一番最後にね、あの子と電話で話した時、私、言ったのよ。『大丈夫よ、あなたなら』って。本当に無責任よね。あの子はもう、大丈夫なんかじゃなかったのに。ダメだったら辞めてもいいのよって、言ってあげられなかった。あの子の苦しみに、気づいてあげられなかったの」

彼女は、ハンカチでそっと目尻を押さえた。

「逃げ方を知らなかったあの子は、会社を辞めることも、誰かに相談することもできずに、自ら人生を降りてしまった……」

彼女のハンカチを握る手は、少し震えていた。

愛する人を助けられなかった、無念と後悔。

それがどれほどのものなのか、俺には窺い知ることができなかった。

俺はもう少しで、自分の両親にも同じ思いをさせてしまうところだったんだ。

搔き毟りたくなるほどの罪悪感で、俺の胸は埋めつくされた。

俺は小さく息を吸って話し始めた。

「僕も、少し前まで、きっと純くんと同じように思っていました」

彼女はハンカチを目元にあてたまま、俺の方を見た。

俺の目からも涙が出そうで、必死にそれを堪えながら話した。

「頑張りたいのに、どうしていいのかわからなくて。それどころか、頑張れば頑張るほど空回りして。すごく辛くて。でも会社を辞める勇気もなくて。昔、父親の勤めていた会社が倒産したことがあったんです。それもあって余計に、会社辞めたら終わりだ、みたいに思ってて。有名な企業に入社した人がうらやましくって。何もかもが上手くいかないし、もう本当にボロボロだったんです」

彼女は、うんうんと頷きながら聞いてくれた。

「でも僕は、アイツと出会って変わりました。アイツが変えてくれたんです。僕に教えてくれたんです。本当に大切なことは何かって」

そこまで言うと、俺はお茶をぐいっと飲んだ。

彼女が丁寧に淹れてくれたお茶は、冷めてしまってもどこか温かい、優しい味がした。

「つかぬことをお伺いしますが……」

俺は思い切って切りだした。

「純くんのお墓は、東京にありますか？」

彼女は少し驚いた表情で言った。

「ええ、そうよ。本当は、私たちもあの後すぐ東京に戻る予定だったの。でも夫の仕事の関係でもう少しこちらに滞在しなきゃいけなくなってしまって……純のそばで暮らしたかったんだけど」

なるほど、そういうことか。

ひとつの謎が解けた。

彼女は続けた。

「でも、東京にはあの子もいるから、純も寂しくないわよね」

寂しげに笑った彼女に、俺も微笑みを返した。

「そうですね。きっと、大丈夫ですよ」

彼女は、再びゆっくりと話し始めた。

「あの子が家に帰ってこなくなったのは、私のせいなの。私が精神的に弱ってしまって、いつまでもメソメソしていたから。純と同じ顔をしたあの子を見る度に、純のことを思いだしてしまって。辛くて、辛くて、ずっと泣いていたから。本当に馬鹿よね。結局、大切なものを二つとも、自分の手で傷つけてしまったの」

俺は、何も答えることができなかった。

彼女は俺の沈んだ様子を見て、わざと少し明るく話した。

「あの子からは、たまにメールが来るのよ。でもすごく一方的なの。元気に暮らしているから心配しないでって、たったそれだけ」

俺も少し明るく笑った。

「はは、アイツらしいですね」

「今の職場も、住所も、電話番号すら教えてくれないのよ。ひどいでしょ？」

彼女は寂しそうに笑った。

「だからあの子が、今どこで何をして暮らしているのか、どんな人生を送っているのか、全くわからないの」

彼女はそう言うと、空になった俺の茶飲み茶碗に、温かい緑茶を注ぎなおしてくれた。

新しく淹れてもらった緑茶をおいしくいただいて、少し雑談をした後、俺はおいとますることにした。

「今日は、突然お邪魔してすみませんでした。色々お話しできてよかったです。ありがとうございました」

「こちらこそ、あなたに会えてよかった。安心したわ。こんなにいいお友達がいるなら、きっと大丈夫ね。わざわざ大阪まで来てくれるなんて、本当にありがとう。純も喜んでいるわ」

彼女は初めて、本当に嬉しそうな微笑みを見せた。

俺は姿勢を正すと、しっかりと彼女の目を見て言った。

「いえ、お礼を言うのはこちらの方です。僕は、あなたが育てられたお子さんに、命を救っていただきました」

また少し瞳を潤ませた彼女に、俺はさらに続けて言った。

「アイツはその名の通り、純粋で優しいですよ。そのうえ、とても強い。純くんの分まで、なんておこがましいことは言えませんけど、僕もアイツも、これからも一生懸命生きていきます」

純とアイツの母親は、溢れでる涙をハンカチで押さえ、小さな声で「ありがとう」と呟いた。

十一月十五日（火）

ゆっくり昼前に起きると、携帯を手に取った。着信履歴が七件。全て会社からだ。シャワーを浴び、パンツ姿のまま遅い朝食をとって、その後スーツに着替える。紺地に薄いストライプの入ったスーツに、一番お気に入りの空色のネクタイを合わせた。

鏡の前で髪にワックスを揉み込むと、軽くセットする。ピカピカに磨き上げた革靴を履き、書類を詰めたカバンを持つと、颯爽と家を飛びだした。

職場近くの喫茶店に着いた俺は、そこの二階席にヤマモトを呼びだした。ヤマモトは、いつも通りに二つ返事で来てくれた。店に現れたヤマモトは、俺の姿を見つけると笑顔で走り寄ってきた。

「なんや、今日は早かったんやな」

「いや、今日は休みだ」

「休み？　やのになんでスーツ着てんの？」

「それは、別にいいんだよ」

「えー何それ」

ヤマモトの頼んだアイスコーヒーが運ばれてくると、俺は軽く咳払いして言った。

「ちょっと、今日はヤマモトに言いたいことがあって」

「なになに？　改まって」

俺は背筋をピンと伸ばすと、大きな声で言った。

「色々と、ありがとうございました！」

いきなり頭を下げた俺を見て、ヤマモトは焦った。

「おいおい、なんやねん！　やめろや、恥ずかしい」

俺が頭を上げると、ヤマモトは照れ笑いをしながら、「変なヤツやなあ」と頭を掻いていた。

俺は構わず続けた。

「本当に感謝してるんだ。必死に俺のこと助けてくれて。……友達になってくれて」

「それはお互い様や。俺かて東京で友達おらんかったから、助かったわ」

ヤマモトがにっこり笑った。

俺はその笑顔を見られたことに満足すると、本題を切りだした。

「で、カバンだよ」

俺はニヤリと笑った。

「最初は、何のことかまったくわからなかったよ」

ヤマモトは、少し苦笑いを浮かべた。

「最初に行った〝大漁〟だな」

俺がヤマモトにカバンを預けたのは、後にも先にも一回だけだ。

そして、カバンの中には、俺の身元を明かすものが山ほど入っていた。

ヤマモトの苦笑いだった口元が、ニヤリと歪んだ。

正解みたいだ。

コイツはまったく……。

あの瞬間からもうすでに、ヤマモトは〝何としてでも俺を助ける〟と決意していたのだろうか。

俺たちはしばし牽制（けんせい）するように見つめ合った。

そして、同時にフッと笑った。

コーヒーをゆっくり口に運んだ俺は、気を取り直して尋ねた。

「あのさ、ヤマモトの両親は元々大阪の人なの？」

「なんやいきなり。親父は元々大阪やけど、母親は東京の人間や」

突然の俺の質問に、ヤマモトは少し驚いて答えた。

「じゃあ、引っ越したのはお父さんの仕事の都合とか？」

「そうやけど……」

怪訝な表情を浮かべるヤマモトに、俺は畳みかけるように尋ねた。

「ヤマモトは、いつ東京に戻ってきたの？　小四の時、大阪に引っ越したんだったよね」

「ああ……まあ、大人になってからやな」

「大人って、大学とか？」

「なんや、なんや、身辺調査か？　まだ俺のこと、幽霊やと思ってるんか？」

ヤマモトはニヤリと笑った。

「なんか、俺と境遇が似てるなあって思ったんだ」

「隆と？」

「うん。俺も高校の時だけ山梨に住んでて、また東京に戻ってきたから」

「そうなんや」

「親父の会社が倒産してさ……。それで高校は両親の実家のある山梨で通ってた」

「そうか……」

「俺、すげえ酷いこと言ったんだよ。親父にもおふくろにも」

ヤマモトは黙ったまま、アイスコーヒーの入ったグラスを口に運んだ。

「父親に仕事がないなんて、クラスで俺一人だって。みんな普通に働いてるのに、なんで当たり前のことができないんだよって」

俺は自分で話しながら、胸が締めつけられていた。

「でも親父、全然怒んなかったよ。それどころか引っ越す当日、謝ってくれた。でも、それが余計に悔しくて。そんな親父の姿見たくなくって。母親にも、なんであんな甲斐性なしと結婚したんだって責めた。子供に苦労かけんなって。俺、最低だろ」

俺は少し笑った。けれどその笑顔はきっと、もの凄く悲しい顔になっていたと思う。

「どう考えても、俺に苦労なんてひとつもかけてなかったのにな。今考えたら、給料が下がってもよかったのなら、親父は東京でだって仕事を探せたはずなんだよ。でもそれをしなかったのは多分、俺を大学に行かせるためだ。山梨の実家に戻れば、金銭的にはかなり楽になるからな。三年間で俺が大学に行けるだけの費用を貯めてくれてたんだと思う」

ヤマモトがストローでグラスをかき回す、カラカラという音が店内に響いた。

「悪い、自分の話ばっかりしてるな」

「いや、ぜんぜん」

ヤマモトは静かに微笑みながら言った。

「だから、ヤマモトも一度大阪に引っ越してまた東京に戻ってきて、なんか似てるなあって思ったんだよ。だから、気が合ったのかな？」

「いや、気が合ったのは、俺らの出会いが運命やったからやで」

「きもっ」

俺がわざとおどけて言うと、ヤマモトも少し笑った。

「だから」と、俺は続けた。

「だから、俺もヤマモトの気持ちわかるかなって思ったんだ。これから……その」

言葉を詰まらせる俺を、ヤマモトは「どうした？」という表情で、小首をかしげて見た。

「その、だから……なんか俺もヤマモトの力になれるかもって……。もし、もし、ヤマモトが何かあった時とか、それに、ただ単に何か話したい時とか……別に、何でもいいんだけどな！」

最後のほうは少し怒ったような口調になってしまい、俺は照れくささを取り繕うように、すっかり冷めてしまったコーヒーに手を伸ばした。

「ありがとうな、隆」

顔を上げると、ヤマモトの優しい瞳があった。

いつも見せる明るい笑顔とはまた違う、優しい瞳。

たまに見せるこの瞳に、俺はいつもはっと息を呑む。

心を見透かされているような気持ちになる。

俺は、取り繕うように言った。

「てゆーか、アイスコーヒーってもう寒くないか？　それとも、幽霊は寒さに強いのか」

俺がニヤリと笑うと、ヤマモトも静かに笑った。

ヤマモトに、俺の気持ちが少しは伝わっただろうか。

それとも、変なことをペラペラしゃべる奴だと思っているだろうか。

前者であるなら、それほど嬉しいことはない。

しかし、表情豊かであり、それがかえってポーカーフェイスにも見えるこの男の心の内は、俺にはまだ窺い知れない。

でも、いつか、きっと――


「なに考えてんねん」

その声にハッと我に返ると、ヤマモトはいつもの顔でニヤニヤしながら俺を見ていた。

「あのさ、呼びだしておいて悪いんだけど……」

俺は少し緊張しながら言った。

「ちょっとここで待ってて欲しいんだよ」

「べつに、いいけど？　どうしたん？」

「いや、たいしたことじゃないんだけどさ……」

俺は立ち上がると、大きく息を吸った。

そして、笑顔ではっきりと言った。

「ちょっと今から仕事やめてくるわ」

ヤマモトは、一瞬目を丸くした後、すぐにニカッと笑った。

そして、得意の歯磨き粉スマイルのまま、親指をグッと上げて見せた。

俺も、歯磨き粉スマイルを真似(まね)してニカッと笑うと、親指を上げた。

そして背を向け歩きだそうとしたが、思いなおし、振り返った。

「あ、そうそう。もうバレてるからな、お前の正体。ほんと、嘘ばっかかつきやがって」

俺はニヤッと笑った。

「ちゃんと待っとけよ！　ヤマモト……優(ゆう)！」

会社の玄関をくぐると、大股でドスドスと廊下を踏み鳴らしながら歩いた。

すれ違う人が驚いて、みな廊下の端に避けていく。その光景がなんだか可笑しかった。

見慣れたオフィスのドアを、俺は蹴破るほどの勢いで押し開けた。

開きすぎたドアが壁にぶつかって、ゴンッと鈍い音が響いた。

オフィスにいる全員が、一斉にこちらを見た。

一番奥の席で、部長が目をまん丸くしている。

だが次の瞬間、烈火の如く俺に怒りをぶつけてきた。

「テメエ、うるせえんだよ！　今ごろ何しに来やがった！」

俺は落ち着いて言った。

「いつもうるせえのは、お前だよ」

オフィスが水を打ったように静まり返った。

全員が一斉に息を止めたのがわかった。

部長はもうすでに、額に青筋を立てていた。

ワナワナと唇を震わせながら、俺に近づいてくる。

「突然休んどいて、なんだその態度は……」

抑えた声が逆に凄みを帯びて、物音ひとつしないオフィスに響く。部長の息の音まではっきり聞こえた。

同僚は怯えきった顔をしていたが、不思議なことに、俺はなんとも思わなかった。今にも血管が切れそうな部長が、ホラー映画の如く迫って来ても、恐怖どころか可笑しく見えてしまい、笑いを堪えるのに苦労した。

部長が十分に近づくのを待って、俺は高らかに宣言した。

「俺、今日で仕事辞めます！」

すっきりした表情の俺とは対照的に、部長はとても暑苦しかった。

「はあ！　だから最近の奴は使えねーんだよ！　どいつもこいつも、プライドの欠片もねえ！　お前一生、負け犬のまんまでいいのか！　安い人生だな！　何の仕事もしねーで辞めるなら、給料返せ！　会社に損害与えやがって！　賠償しろ！　訴えるぞ、この泥棒が！　みんな必死で働いてる中よくもそんなことが言えるな！　それでも人間か！」

色々なモノを口から飛ばしながら、狂ったように吠える部長を、俺は、よく息が続くなあ、などと感心しながら見ていた。

部長が全て言い終わってゼエゼエ息をしているのを確認して、俺は冷静に言った。

「人の心を持ってない奴に、人間かなんて言われたくねーんだよな」

部長が、「ああー！」と、今までの人生で一度も聞いたことのないような奇声を上げた。

「訴えるなら、どうぞ。こちらも今までの色々な違法労働が山ほどありますから。出るとこ出ますか？　社員を駒としか思っていないような会社に、僕はもう用はありません」

淡々と話す俺に、部長はさらに叫んだ。

「お前は、社会ってもんをわかってねーんだよ！　こんなことで挫ける奴はなあ、人生なにやっても駄目に決まってんだよ！」

呼吸困難寸前になりながら、どうしてそこまで叫びたいんだ。

しかも、俺の人生を赤の他人に、どうして語られなきゃいけないんだ。

俺の人生に口だしできるのは、本気で俺のことを心配してくれる人だけだ。

やっと、俺にも沸々と怒りが込み上げてきた。

俺が黙ったのを、怯んだと勘違いしたのか、部長がさも人を馬鹿にした顔で言い放った。

「どうせお前みたいな奴はなあ、一生負け犬で終わるんだよ！」

この瞬間、俺の中で何かが弾けた。

「俺の人生を、お前が語るんじゃねーよ！」

俺の怒鳴り声に、部長が一瞬、口をつぐんだ。

「俺の人生は、お前のためにあるんでも、この会社のためにあるんでもねえ。俺の人生はなあ、俺と、俺の周りの大切な人のためにあるんだよ！」

俺は言いながら、この人はなんて哀しいんだろうと、心が痛くなった。

「負け犬、負け犬って、一体何を指して負けなんだよ。人生の勝ち負けって他人が決めるものか？　そもそも、人生は勝ち負けで分けるものなのか？　じゃあ、どこからが勝ちで、どこからが負けですか。自分が幸せだと思えたら、それでいいでしょう。僕は、この会社にいても自分が幸せだとは思いません。だから辞める。ただ、それだけです」

俺はさらに続けた。

「そもそも、こんなに離職率の高い会社が、いつまでも持つと本当に思いますか？　我慢に我慢を重ねて、倒産して退職金も貰えないいんじゃ、後悔してもしきれませんよ。

おかしいことはおかしいってちゃんと言わないと、会社は成長しません。『俺の時はこうだったから、お前もこうしろ』ではなくて、きちんと時代に合わせて変わっていくべきなんです。人も、制度も、変わるべきなんです」

いくらか興奮の収まった部長が、息を抑えながら低い声で言った。

「この時代に辞めて、簡単に次の職場が見つかるとでも思ってんのか。人生、そんなに甘くねーんだよ」

俺はまっすぐに部長を見据えて言った。

「簡単じゃなくてもいい。むしろ簡単じゃいけないんです。僕は、この会社を簡単に選びすぎた。時間をかけるのが怖くて、内定もらえりゃどこでもいいなんて、仕事なんてそんな気持ちで決めるもんじゃなかった。次は本当にやりたいことを見つけますよ。時間がかかったっていい、ステータスなんてなくたっていい。たとえ無職になったって、最後に自分の人生、後悔しないような道を見つけてみせますよ」

誰も口を開かない、異様な空間で、僕は一歩、部長に近づいた。

「部長、今幸せですか？　違いますよね？　幸せに働いているなら、あんなに毎日怒鳴り散らしませんよね」

部長は歯を食いしばったまま、何も答えなかった。

俺は、同僚のほうに身体を向けて言った。

「みなさんは今、幸せですか？　営業成績を奪い合って、誰のことも信用できずに、みんなギスギス働いて、満足なんですか？」

数人は目を逸らし、数人はじっと俺のほうを見つめた。その中には、五十嵐先輩の姿もあった。

たくさんの視線の中、俺は声を振り絞った。

「僕には、世界を変えることはできません！」

みんなが、一瞬息を止めたのがわかった。

「それどころか、この会社ひとつ、この部署ひとつ、向かい合う人間ひとりの気持ちすら変えることのできない、そんなちっぽけで何の取り柄もない人間です」

いつのまにか、涙が込み上げていた。

「でも、そんな僕でもひとつだけ変えられるものがあります。それが、自分の人生なんです。そして、自分の人生を変えることは、もしかしたら、周りの大切な誰かの人生を変えることに繋がるのかもしれない。そう気づかせてくれた人がいるんです。友達がいるんです。両親が心配してくれているんです。まだ今は自分が何をしたいのかも、何ができるのかもわかりません。でも、何をしていてもいい。ただ、笑って、したいことをして生きていきます。自分に嘘をつかないように、生きていきます。両親を大切にして生きていきます。それだけで、いいんです。今の僕にはそれが全てなんです」

全て話し終わると、身体を深く折り曲げ、お辞儀をした。

「今まで、お世話になりました」

ポカーンとしている者、呆れた表情の者、そして、確かに何かを感じてくれている者。様々な瞳に見つめられ、俺はニッコリ微笑んだ。

「僕がこの半年間で、訪ねた企業の方から聞いたことをまとめた資料です。よかったら、自由に使ってください」

俺はカバンの中から資料を取りだすと、バンッと机に乗せた。

最後に、大切なことを伝えなくてはいけない。

俺がもう一度、部長に歩み寄ると、部長は少し後ずさりした。

「部長、有給休暇は消化させていただきますよ。与えられた権利なんで。違法な労働はもう、うんざりです」

部長は、目をひん剝いて「おっ、おまっ……」と声にならない声を漏らした。

「せめて、法律は守りましょうよ。この会社のことを本当に思うなら、まずそこから変えていってください。みんなが健康に、楽しく働けるように。では、失礼します」

俺は踵を返すと、出口に向かった。その時、後ろから声がした。

「青山！」

五十嵐先輩だった。

立ち止まった俺に、先輩は言った。

「……がんばれよ」

俺は、前を向いたまま、笑顔で言った。

「はい！　ありがとうございます！」

いつかまた、会えることを願って。

会社の玄関を出ると、俺は猛然と走りだした。重たい荷物を放りだして、からっぽになったカバンをブンブン振り回しながら。

身体が羽根のように軽い。自然とスキップしてしまいそうな勢いだ。すれ違う人々が振り返って俺を見るが、全く気にならない。

俺は自由だ。もう二度とあの場所に戻ることはない。

横断歩道を渡った先に、ヤマモトの待つ喫茶店が見える。


入り口に飛び込むと、息せき切って二階へと駆け上がった。

ハアハアと肩で息をしながら、さっき座っていた窓側の席を見た。

しかし、そこにヤマモトの姿はなかった。

「あれ？　おかしいな」

トイレにでも行っているのか。しびれを切らして先に帰ってしまったのか。

息を整えながらキョロキョロしていると、一人のウエイトレスが俺に近づいてきた。

「失礼します。青山さまですか？」

俺は不思議に思いながらも、返事をした。

「はい、そうですが……」

「こちら、お預かりしています」

ウエイトレスは小さく折りたたまれたメモ用紙を俺に差しだした。

よくわからないままそれを受け取ると、ウエイトレスは軽く会釈をして去って行った。

嫌な予感がした。

手のひらに乗った、小さく折りたたまれたメモ用紙をじっと見つめる。

開けたくない、直感的にそう思った。

アイツが座っていたはずの窓際の席には、少しコーヒーの残った、氷の溶けかけたグラスがまだ置かれていたままだった。

つい直前まで、ここにいたのだろうか。

窓からは、俺がさっき渡ってきた横断歩道が見下ろせた。

この窓から見ていたのだろうか。

馬鹿みたいにカバンを振り回して、走ってくる俺の姿。どんな顔で見ていたんだろう。

俺は手のひらにメモ用紙を乗せたまま、その場に突っ立っていた。

これを開けてしまったら、もうアイツとは会えない――
そんな気がした。

突然ホームで現れて、俺の心に入り込んだアイツ。
人の人生を変えるだけ変えて、黙ってどこかに行ってしまうのか？
これからは、俺がお前を助けようと思っていたのに……。
どうして一人で生きようとするんだ。
お前のことは誰が救ってやるんだ。
なあ、ヤマモト。
お前にだって、幸せになる権利はあるんだぞ。
俺はいつまでも、手のひらに乗せた小さな紙を見つめていた。

十一月二十一日（月）

午前九時三分、グレーのスーツで溢れたプラットホームは、相変わらず今日も静かだ。俺も例に違わず、静かに本を読んでいる。ずっと気になっていた相対性理論の本。読み進めてもなかなか理解はできないが、なんとなくアインシュタインが言いたいことがわかったような気になってきた。ようは気持ちの問題だってことか？

あの時の予感通り、あれから一度もヤマモトとは会っていない。携帯電話にはまだヤマモトの名前が残っている。しかし、かけても虚しい音声が響くだけだ。

——おかけになった電話番号は現在使われておりません……

まったく、抜かりのないヤツだ。

仕事を辞めて、ひとつ気づいたことがある。

無職でいることは、やっぱり不安だ。

当たり前のことだが、収入がないという精神的な不安は、想像していた以上に辛かった。

辞めてののんびりできたのは、ほんの数日間。その後は、日に日に不安のほうが大きくなった。

転職サイトを一日中眺め、とにかく早く仕事を探さなきゃと、追いつめられるような気持ちになった。

しかし、それで中途半場に働き始めてしまっては、今回辞めた意味がない。

本当に働きたいと思える場所を、やりたいと思える仕事を見つけなきゃ……。

とは言え、生活するには家賃も食費もかかる。

俺はひとまず短期の派遣やアルバイトで、貯金を切り崩さなくても生活できる最低限の費用を稼ぐことに決めた。今までのようにみっちり働くのではなく、やりたいことを見つけながら働く。自分探しとアルバイトを、半々の割合でやるイメージだ。

それでもやはり、不安はつきまとう。無職の期間が長くなればなるほど、恐らくは再就職の際に不利になるだろう。

まったく、人生って大変だ。俺は思わず、空を見上げた。

このホームの色彩とは不釣り合いなほど、すがすがしく晴れ渡った青空に、少し目を細める。

そして、大きく深呼吸をした。今日もまた、一日が始まる。

右隣のおじさんは、眉間にしわを寄せて新聞とにらめっこしている。その姿はまるで、今日から始まる一週間の戦いに挑む戦士のようだ。その後ろには、大きなカバンを肩から下げたOLらしき女性。営業だろうか、ハイヒールで歩くのは大変だろうな。

ここにいる人たちも、みんなそれぞれに大変な思いを背負って生きている。

そう思うと、自分の人生には関わりのない周囲の人たちにも、少し優しくなれる気がした。

ふと、左隣に目をやった。高校生らしき少年が、どこかぼうっとした表情で、列の先頭に立っている。

もう九時なのに、今から登校か？　遅刻でもしたのか。

なんだか、気になった。

この横顔、どこかで見た覚えがある。

胸の奥に、ギュッと摑まれたような、重く深い痛みを感じた。

そうだ、この顔は……………

あの頃の、俺だ。

次の瞬間、少年の身体がふらりと線路上へ傾いた。

俺は腕を目いっぱい伸ばして、少年の頼りなく細い腕を摑み、ありったけの力で引っ張った。

そのまま二人してホームに尻もちをつくように倒れ込む。

恐ろしいほど大音量の警笛が、ホーム中に響き渡った。

心臓はバクバクと波打ち、少年の腕を摑んだままの右手は、ガタガタ震えていた。

少年は、涙のいっぱい溜まった瞳で、俺のことを見た。

俺は、歯を見せてニカッと笑った。

そして震える声で言った。

「久しぶりだな……！　お、俺だよ……ヤマモト！」

俺はとっさにアイツの名前を語った。

そして、空いているほうの左手で、パンツのポケットをギュッと握り締めた。

ポケットの中には、あの日の小さなメモ用紙が入っている。

『人生って、それほど悪いもんじゃないだろ？』

ヤマモト、俺も、この子に同じことを伝えられるかな。

十二月二十四日（火）

昨晩しっかり手入れをした革靴が、ピカピカに磨かれた廊下を蹴り上げる。コツコツと一定のリズムで響くこの音を聞くと、ああ帰ってきたんだなあと思う。久しぶりの職場だ。

前方から、よく知った顔の女性が歩いてきた。一目でそれとわかる、真っ白な制服に身を包んでいる。

彼女は、僕の姿を見るとにっこりと笑った。とてもいい笑顔だ。

「先生！　試験合格されたそうですね！　おめでとうございます」

僕も、にっこりと微笑を返した。

「やっと正式な肩書を手に入れたよ。ニート脱出ってとこかな」

「ニートだなんて。でもこれからもフリーランスで続けられるんでしょ？」

「そうだね。なんたって自由がきくから」

「いいなあ、羨ましい。フリーランスの臨床心理士なんて、なんかカッコいいですね」

「君も仕事に疲れたら言って。話ならいつでも聞くよ」

「そうならないように、ちゃんと息抜きしまーす」

彼女は冗談っぽく言うと、得意のおしゃべりを続けた。

「そういえば、今日から新しい心理カウンセラーの先生が、研修に入られるみたいですよ」

「この時期に？　めずらしいな」

「でも、病院じゃなくって就業カウンセラー希望みたいですけどね。まずはここで経験を積みたいとかで」

「相変わらず、情報が早いね」

僕が素直に感心すると、彼女はニヤリと不敵な笑みを浮かべた。

「これくらい知ってて当然ですよ。ナースの情報網はこんなもんじゃないですからね。先生も気をつけてくださいよー」

「怖いなあ」

僕は大げさに眉をひそめて見せた。

互いに少し笑い合った後、彼女は表情を引き締めて言った。

「近頃、心理カウンセラーの活躍の場がどんどん増えていってますね」

それだけみんな病んでいるということか。なんとも世知辛い世の中だ。

「そうだね。本当はこんな仕事なくてもよくなるのが理想だけど、そういうわけにはいかないからね」

「警察と一緒ですね。究極は警察がいらない世界になればいいけど、そうはいかない」

「おっ、たとえが上手いねえ」

僕がそう言うと、彼女は満足そうにニンマリ笑った。

そして、遠くに看護師長の姿を見つけ、マズイという表情を浮かべた。

「あんまりサボってると怒られるので、戻りまーす」

彼女はそう言うと、もう一度ニッコリ笑って、颯爽と去って行った。

〝向かい合う相手の表情は、自分の表情を映しだす鏡だ〟と言うが、笑顔が素晴らしいというのは、それだけで凄い才能だ。

彼女はそういう意味でも、この仕事に向いているのだろう。

しかし世の中、向いていると思える仕事に巡り合える人は、かなりラッキーな類(たぐ)いだ。

夢を諦めてしまったり、挫折を繰り返したりして、自分の可能性を見出(みいだ)せないまま、人生を終えてしまう人も少なくない。

そして、天職に巡り合えた人も、巡り合えなかった人も、みな試行錯誤しながら、もがき苦しみ生きていくのだろう。

今でも思いだす。純が最後に言った言葉。

「もう大丈夫だから。心配かけてごめんな」

無理矢理つくった悲しい笑顔。

その顔が、忘れられない。

そう言った翌日、あいつは会社の屋上から飛び降りた。

あの時、無理にでも仕事を辞めさせればよかった。

どうして助けてやれなかったんだ。

何か、あいつを救う言葉があったはずなのに。

今でも悪夢にうなされる。

僕は、屋上に立つ純を摑もうとして手を伸ばす。純は、この手をすり抜けて落ちていく。

真っ暗な闇の中に、悲しい笑顔のまま、吸い込まれていく。

同じ命を分け合って生まれてきたのに。

純のことをわかってやれるのは、僕だけだったのに。

僕たちは本当にそっくりだった。

親でさえ、見間違うほどにそっくりだった。

純が死んでしまって、僕は鏡を見れなくなった。

毎朝、顔を洗って鏡を見る度に、あいつが話しかけてくるようで、あの悲しそうな瞳で見つめてくるようで……。

気が狂いそうになり、洗面所の鏡を叩き割った。


あれから五年経った今では、なんとか鏡を見ることはできるようになった。

それでもまだ、意識をしていない時にふいに自分の姿が映ると、心臓がドクンと波を打つ。

街角のショーウインドウに、ふらりと立ち寄ったカフェの壁鏡に、視界に入った車の窓ガラスに。ふいに映る自分の姿を見つけては、息を呑んで立ち止まる。

洗面台の鏡は見れるようになっても、その癖は未だに直らない。

僕は一生、この思いを背負って生きていく。

何人助けたって、純は帰ってこない。

僕に世界を変えることなどできない。

しかし、この目に止まる人だけでもなんとか助けたい。

そう思うのは僕のエゴなんだろうか。

僕のやっていることは、自己満足にすぎないのだろうか。


「あれから、もう二年か……」

無意識に声がこぼれた。

この二年、一瞬たりとも忘れることはなかった。

〝彼〟は今頃、どうしているのだろう。

僕は本当に彼を救えたのだろうか。不安に思う時もある。

だが、最後の彼のスキップを思いだすと、きっと大丈夫だと信じられる。スーツを着てカバンを振り回し、スキップで横断歩道を渡る男、なんて初めて見た。

その姿を思いだして、僕は思わずクスリと笑った。

彼のスキップは、僕の気持ちを癒してくれる。

彼は僕に〝思いだし笑い〟という小さな幸せを残してくれた。

僕は彼に、小さなメモを残した。

それが少しでも彼の支えになっていれば、あの時僕がしたことは、きっと意味があったのだろう。

この世で生きていくためには、誰もが働かなくてはならない。

やりがいのある仕事ばかりじゃない。理不尽なことだってたくさんある。

その都度みんなが仕事を辞めてしまっては、確かに社会は成り立たないかもしれない。

けれど、社会のために誰かが犠牲になる必要なんて、決してないはずだ。

誰にでも幸せになるチャンスは巡ってくる。

たとえ、そのチャンスの全てに気づくことができなくても、一度くらいは人生を変えるタイミングを見つけることができるだろう。

それを摑めるかどうか。

それはもしかしたら、その時、その人のそばにいる〝誰か〟の言葉によって、大きく左右されるのかもしれない。

父も母も、僕でさえも、純を救ってやれなかった。

それでもいつか、何十年か経って、あの世で純と再会できたなら、僕は純に言えるのだろうか。

「ゆう先生、こんにちは！」

可愛らしい声に、僕はハッと我に返った。

小学生になったばかりの少女が、母親に手を引かれて立っていた。

「はい、こんにちは」

僕は慌てて、彼女に笑顔を返した。

「ねえねえお母さん、知ってる？」

彼女は母親の手をグイグイ引っ張りながら、一生懸命話しかけた。

「ゆう先生は、やさしいから、ゆう先生なんだよ」

僕は笑顔で言った。

「先生はねえ、優しいだけじゃなくて、純粋で優しいんだよ」

まあ、と彼女の母親が笑った。

「じゅんすいって、なあに？」

彼女は笑顔で言った。

「うーん、心がキレイってことかな？」

僕の言葉に、彼女はぴょんぴょん飛び跳ねながら尋ねた。

「みくも、じゅんすい？」

僕と彼女の母親は、顔を見合わせて笑った。

「そうだね。みくちゃんも、純粋で優しいよ」

彼女は、ワーイと両手を上げて喜ぶと、「みくも、じゅんすいー」と繰り返した。

その無邪気な姿は、まさに純粋そのものだった。

「そろそろ行くわよ」

母親が、飛び跳ねている彼女の小さな手を取り、促した。

少し残念そうな顔をした彼女に、母親はとっておきの言葉をかけた。

「クリスマスケーキ、買って帰るんでしょ？」

とたんに彼女の顔がパッと輝いた。

そして、そのキラキラした瞳のまま僕に尋ねた。

「ゆう先生のところ、こんど遊びに行ってもいい？」

「うん、いいよ。待ってるね」

そう答えると、彼女は満面の笑顔で僕に「バイバイ」と手を振った。

僕もバイバイと手を振り返して、スキップするようにぴょんぴょん歩く彼女と母親の背中を見送った。

いつまでもあのままでいてくれたらいいのに。彼女もいつしか、人生の壁にぶつかる日が来るんだろう。

……………なんて、こんなアンニュイなことを考えているから、ナースに「先生、たまに暗いよね」とか噂されるんだろうな。

ひとり苦笑いをしたその時だった。

「お前、病院では標準語なんだな」

背後から聞こえたその声に、僕は振り返った。

そして、自分の目を疑った。

茫然とする僕に、声の主は続けた。

「先生、俺にも救いたい人がいるんだよ。俺は、その人に命を救ってもらったから、今度は俺が、その人を苦しみから救いたい」

声の出ない僕を、白衣姿の彼は優しい瞳で見つめていた。

「だから、色々と教えてくださいね。ヤマモト先生！」

そう言うと隆は、まるで歯磨き粉のＣＭのように、歯を見せてニカッと笑った。

なあ、純。

人生って、それほど悪いもんじゃないぞ。

あとがき

はじめまして。北川恵海と申します。このたび、第21回電撃大賞・メディアワークス文庫賞という素晴らしい賞をいただき、本を出せる運びとなりました。本当にありがたいことです。まだまだ荒削りだったこの作品を選んでくださった、電撃大賞関係者の皆さまの心意気に、深く感謝いたします。


さて、突然ですが、皆さんは何かによって人生に影響を受けたことがありますか？

たとえば、大好きなアイドルが発した一言とか、お気に入りのマンガ家が描いた一コマとか、尊敬する作家が書いた一節とか。はたまた、そばにいる大切な誰かの言葉とか。反対に大嫌いなヤツに言われた一言、なんてこともあるかもしれません。

私の人生に最も大きな影響を与えてくれたのは、一冊の小説でした。

心が震えました。私もこんな小説が書きたい――。

その思いは、「小説を書きたい」と思いながらも一歩踏み出せないでいた私の背中を、見事に押してくれました。そしていつしか、頼りない青山隆と不思議なヤマモトが現れ、チャンスを与えてくれました。人生、何が起こるかわからないものです。隆とヤマモトには足を向けて寝られません。

私にとって、本は最高のエンターテイメントで、本屋はテーマパークと同じくらい楽しい場所です。そのような場所の一端を担い、会ったこともない誰かと気持ちを共有できるなんて、まさに夢のような出来事です。とても嬉しくありますが、同時に少し怖くもあります。

受賞が決まってから約五か月、ようやく作家としてのスタート地点に立つことができました。さあ、これからが本番です。この先どんな道を選ぶのか、全ては自分次第です。これっきりにならないよう、今の気持ちを失わずに精進したいと思います。

再び書店で『あ、この人〝仕事やめてくる〟書いた人だ！』と思ってもらえるように。そして、いつの日か『北川、またお前かー』と笑ってもらえるように。

自分で定めたミッションをひとつずつクリアしながら、ゆっくり作家人生を歩んでいければいいなと思っています。願わくは、皆さんと共に。

最後になりましたが、この本を手に取っていただき、本当にありがとうございます。

ほんの少しでもお楽しみいただけていれば幸いです。

それでは、またお会いできる日を心から祈って。

北川　恵海

北川恵海 著作リスト

ちょっと今から仕事やめてくる（メディアワークス文庫）

本書は第21回電撃小説大賞で《メディアワークス文庫賞》を受賞した作品に加筆・修正したものです。
この物語はフィクションです。実在の人物・団体等とは一切関係ありません。

メディアワークス文庫

ちょっと今(いま)から仕(し)事(ごと)やめてくる

北川恵海(きたがわえみ)

発行　2015年2月25日　初版発行
　　　2016年5月16日　16版発行

発行者　塚田正晃
発行所　株式会社KADOKAWA
〒102-8177　東京都千代田区富士見2-13-3
プロデュース　アスキー・メディアワークス
〒102-8584　東京都千代田区富士見1-8-19
電話03-5216-8399（編集）
電話03-3238-1854（営業）
装丁者　渡辺宏一（有限会社ニイナナニイゴオ）
印刷・製本　旭印刷株式会社

Printed in Japan
ISBN978-4-04-869271-7 C0193
メディアワークス文庫　http://mwbunko.com/
株式会社KADOKAWA　http://www.kadokawa.co.jp/

本書に対するご意見、ご感想をお寄せください。

あて先
〒102-8584　東京都千代田区富士見1-8-19　アスキー・メディアワークス
メディアワークス文庫編集部
「北川恵海先生」係

綾崎 隼がおくる「ノーブルチルドレン」シリーズ
ポップなミステリーで彩られた、
現代のロミオと
ジュリエットに舞い降りる、
美しくも儚き愛の物語。

美波高校に通う旧家の跡取り舞原吐季は、一つだけ空いた部室を手に入れるため『演劇部』と偽って創部の準備を進めていた。しかし因縁ある一族の娘、千桜緑葉も『保健部』の創設を目論んでおり、部室の奪い合いが始まってしまう。吐季は琴弾麗羅を、緑葉は桜塚歩夢をパートナーとして、周囲で起こる奇妙な事件の推理勝負にて部室の所有権を決めようとする。反目の果てに始まった交流は、やがて二人の心を穏やかに紐解いていくことになるのだが……。

著／綾崎 隼　イラスト／ワカマツカオリ　好評発売中

メディアワークス文庫
（毎月25日発売）

綾崎隼が贈る現代のロミオとジュリエットの物語が、
コミックスになって登場！

シルフコミックス
『ノーブルチルドレンの残酷1、2』
作画：幹本ヤエ　原作：綾崎 隼　キャラクターデザイン：ワカマツカオリ
発売中

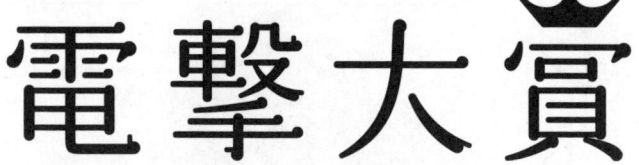